KB059781

학교
안에서

학□교 안□에─서

김혜정 장편소설

사□계절

이건 학교에 관한 이야기다.

학교 문이 닫힌 후,

학교의 진짜 이야기가 시작된다.

차례

분명 미리 경고했다

최 순경은 '마음에 들어요' 버튼과 '리트윗' 버튼을 반복해서 클릭했다. 학교지킴이와 관련된 글에는 모조리 하고 있다. 학교지킴이 SNS가 생긴 지 석 달이 조금 넘었는데, 주로 하는 일은 이런 것들뿐이다. 처음 홍보 영상을 만들어 올렸을 때는 제법 반응이 있었다. 홍보 영상의 조회 수는 3만이 넘었고, 8천 회 이상 리트윗 되었다.

"학교에 가기 두렵나요? 학교생활이 걱정되나요? 이제, 근심 걱정은 끝! 바로 우리가 학교를 지킵니다. 언제든지 학교지킴이를 불러 주세요."

학교 폭력에 시달리는 상황을 짧게 보여 준 후, 경찰이 등장하여 이 대사를 한다. 최 순경이 연출도 하고 직접 출연도 했는데, 어색한 말투 때문에 화제가 되었다.

최 순경은 오랜만에 홍보 영상에 달린 답글을 죽 살폈다. 마우스로 커서를 내리는데, 글 하나가 최 순경 눈에 들어왔다.

정말? 그럼 한번 해보자.
내일, 현진고를 테러한다.
분명 미리 경고했다.
이번엔 제대로 지킬 것인가?

'테러'라는 글자를 보고 최 순경이 인상을 찌푸렸다. 경찰이 운영하는 SNS를 우습게 보고 이런 장난 글을 올리는 사람들이 왕왕 있다. 경찰청을 폭파하겠다고 하지 않나, 백화점에 폭탄을 설치했다고 하지 않나. 물론 대부분 장난이다. 지난달에는 지하철 3호선 폭탄 설치 전화에 백여 명의 경찰이 투입됐다. 지하철 철로와 역사, 기관차 안을 샅샅이 뒤졌지만 아무것도 나오지 않았다. 알고 보니 초등학생의 소행이었다. 만 10세의 촉법소년이라 처벌도 불가했다. 시민들은 지하철이 3시간 동안 운행하지 않았다는 사실에 더 화를 냈다. 장난 전화인지 구별도 못 하고 과잉 대응을 했다며, 경찰을 향한 비난이 끊이지 않았다.

"최 순경, 퇴근 안 해?"

한 경사가 최 순경 책상 근처로 다가오며 물었다.

"오늘 차 가지고 왔지? 나 좀 태워 줘. 최 순경 집 근처에 볼

일이 있어서 말이야."

최 순경은 인터넷 창을 닫았다.

"네. 같이 가요."

최 순경은 탈의실로 가서 옷을 갈아입고 나왔다. 그리고 한 경사와 함께 경찰서에서 나왔다.

6월 21일 화요일 저녁이었다.

학교에 가지 말았어야 해

오후 6시

사물함에서 필통을 찾던 주리는 문을 여는 소리에 놀라 고개를 돌렸다. 후배 재준이다. 다행이다 싶어 안도하는데, 그 뒤를 따라 선빈이 들어왔다.

"어어, 누나. 오랜만이에요."

"응."

주리는 사물함 안쪽에서 노란색 필통을 발견했다. 손을 깊숙이 집어넣어 급하게 잡아 뺐다. 그런데 다른 물건들이 같이 빠져나와 바닥으로 떨어졌다. 옆에 서 있던 아인이 떨어진 것들을 함께 주워 주었다.

"이거 깨졌는데."

아인에게 건네받은 플라스틱 물병에 금이 가 있다. 주리는 인상을 팍 썼다. 선빈이 뒤에서 한마디 했다.

"괜찮아. 그거 내 거야."

주리는 아무 말 하지 않고 물병을 사물함 위에 올려 두었다.

"그만 가자."

주리가 아인의 팔을 잡아당겼다. 주리는 일부러 선빈 쪽을 쳐다보지 않았다.

"그럼 다음에 보자."

주리는 허공에 대고 재준에게 말한 후 아인과 함께 동아리실을 나왔다.

"짜증 나. 학교 괜히 왔어."

주리는 발로 복도를 구르며 말했다. 일부러 선빈과 마주치지 않기 위해 오늘을 골랐다. 2학년은 오늘 코딩박람회가 있어서 등교하지 않고 현장으로 바로 갔다. 4시쯤 행사가 끝났고, 주리는 동아리실에 두고 온 필통을 찾을 생각에 학교로 왔다. 혼자 오기는 그래서 아인에게 같이 가 달라고 부탁했다. 선빈은 쉬는 시간, 점심시간 할 것 없이 틈만 나면 동아리실에 들른다. 일부러 마주치지 않기 위해 오늘 온 건데, 선빈이 오늘도 올 줄은 몰랐다.

"아, 재수 없어. 진짜."

주리는 계속 씩씩댔다.

"내 거니까 괜찮다고? 참 나."

선빈은 착한 게 아니라, 착한 척하는 것뿐이다. 선빈과 사귀지 말았어야 했다. 그랬다면 이렇게 불편한 일도 생기지 않았을 텐데. 주리는 선빈 때문에 동아리에서 유령 회원이 되었다. 선빈만큼은 아니지만 주리도 신문부 활동을 좋아했다. 현진고 신문부는 한 학기에 네 번 종이 신문을 발행한다. 주리는 종이 신문이 타자기처럼 멋스러워서 좋았다. 요즘 종이 신문을 보는 사람들은 많지 않다. 언젠가 종이 신문은 사라질지도 모른다. 그 고풍스러운 매력 때문에 주리는 신문부를 좋아했다.

"우리 마카롱 먹으러 가자."

주리가 아인의 팔짱을 끼며 말했다. 주리는 아인의 대답을 기다리지 않고 곧바로 "피스타치오랑 초코 먹을까? 아님 스트로베리?"라며 계속 종알댔다.

3층에서 2층으로 내려가는 계단에서 주리와 아인은 진성과 마주쳤다. 주리가 아인을 제 쪽으로 잡아당겼다. 주리와 아인은 진성과 같은 반이기는 하지만 말 한마디 제대로 해 본 적 없다. 아인은 얼른 고개를 돌려 시선을 피했다. 진성과 엮여서 좋을 건 아무것도 없다. 둘은 서둘러 계단을 내려왔다.

동아리실에 선빈과 재준 둘이 남았다. 동아리실은 교실의 3분의 1 정도 크기로, 넓진 않지만 여덟 명이 마주 보고 앉을 수 있는 커다란 책상 하나가 있고 벽 쪽엔 사물함이 있다. 컴퓨터와 프린터도 각각 한 대씩 있어서 이곳에 모여 작업할 때가 많다.

선빈은 컴퓨터를 켜서 부원들이 메일로 보낸 1차분의 기사를 하나로 모았다.

"형, 주리 누나랑 왜 헤어진 거예요?"

재준이 컴퓨터가 놓인 책상 쪽으로 의자를 끌고 와 선빈 옆에 바짝 붙어 앉았다.

"형 뭐 잘못했어요? 주리 누나 눈빛 장난 아니던데."

3월 초, 재준의 동아리 가입 원서를 주리가 받았다. 학기 초 동아리실에 올 때마다 선빈과 주리가 함께 있었다. 어느 날부터 주리는 신문부에 오지 않았다.

"도대체 왜 헤어진 거예요?"

"넌 왜 그렇게 궁금한 게 많냐? 그만 떠들고 인터뷰 기사나 써. 기말고사 전까지 가제본 완성해야 해."

선빈은 재준에게 인터뷰 기사에 참고할 만한 책들을 건넸다.

"너 일하겠다며?"

"아, 진짜. 형은 너무 빡빡하다니까."

재준은 입을 비죽이며 책을 받아 들었다.

"근데 넌 왜 수련회 안 갔어?"

1학년은 오늘부터 금요일까지 2박 3일간 수련회를 떠났다. 하지만 재준은 가지 않았다. 수련회를 가지 않은 학생은 학교에 나와 홀로 자습을 했다. 1학년 중 수련회에 참가하지 않은 학생은 재준 말고 한 명 더 있는데, 반이 다르다. 그래서 하루

종일 재준은 교실에서 홀로 지냈다. 심심하던 차에 선빈이 학교에 온다고 해서, 재준은 선빈이 오기만을 기다렸다.

"어디 아파서 안 간 거야?"

"아뇨. 제가 좀 귀한 집 아들이거든요. 그래서 바깥에서 자는 건 안 가요."

"하나도 안 그래 보이는데."

"형은 무슨 농담을 그렇게 진지하게 해요. 꼭 진담 같잖아요."

"나 농담 아닌데. 전혀 귀한 집 아들로 안 보이는데?"

"아, 형!"

재준이 소리를 지르는데, 복도 쪽 창문으로 전학생이 지나가는 게 보였다. 재준의 관심은 곧바로 그쪽으로 옮겨 갔다.

"쟤 이제 집에 가나 보네."

"누군데?"

"옆 반에 온 전학생인데, 쟤도 수련회 안 가더라고요."

"전학 온 지 얼마 안 돼서 그런가 보다."

"그럴수록 더 가서 애들이랑 친해져야 하는데. 쯧쯧."

전학생이 시야에서 사라졌다. 재준은 내일 학교에서 만나면 말이라도 좀 걸어 봐야겠다고 생각했다.

"박재준. 이제 다른 데 관심 끄고 일 좀 하지?"

"아, 잔소리 대마왕!"

재준은 선빈의 타박에 손바닥으로 두 귀를 막는 과장된 몸짓을 한 후 책을 살피기 시작했다.

한영주는 교문을 지나 학교 안으로 들어섰다. 평소와 다르게 학교는 조용하다. 1학년은 수련회를 가고, 2학년은 체험학습을 갔다. 그리고 3학년은 모의고사가 있어 5시 전에 귀가했다. 이미림 선생에게 학교 일정을 전해 듣고 일부러 오늘로 정했다. 얼른 택배만 찾고 돌아갈 거다.

역시 분수에 맞지 않는 행동이었나. 한영주는 큰마음 먹고 고가의 화장품을 주문했다. 이제까지 로드숍에서 세일 할 때만을 기다려 화장품을 사서 썼다. 10만 원이 훌쩍 넘는 화장품이 있다는 걸 들어서 알고 있긴 했다. 대학 다닐 때 몇몇 동기들은 백화점에서 화장품을 샀다. 해외여행을 다녀오는 길에 면세점에서 싸게 샀다며 자랑을 하기도 했다. 그래도 한영주에겐 비쌌다. 한영주가 한 달 내내 알바를 해야만 벌 수 있는 돈을 친구들이 화장품 풀세트를 사는 데 쓰는 걸 보고, 한영주는 아무 생각도 들지 않았다. 부럽지도, 심통이 나지도 않았다. 질투는 도달 가능한 상황에서 일어나는 감정이다. 그냥 저들의 세계와 내 세계는 같지 않구나, 생각했다.

학교를 그만두었을 즈음, 로션이 똑 떨어졌다. 병을 뒤집어 아무리 두드려도 더는 나오지 않았다. 문득 한영주는 자신이 만 원짜리 로션을 썼기에 만 원짜리 인생을 살았던 게 아닌가 싶었다. 싼 거, 더 싼 거를 찾기에 인생이 싸구려가 됐을지도 모른다. 그래서 다른 세계라고 생각했던 로션을 샀다. 백화점

에서 파는 상품을 인터넷으로 사면 더 싸게 살 수 있었다. 그
런데 일주일이 지나도 배송이 오지 않았다. 고객센터에 전화
를 걸어 보니, 이미 배송 완료라고 했다. 전에 학교에서 신을
실내화를 학교로 배송시킨 적이 있는데, 그때 주소를 바꾸지
않고 그대로 주문한 것이다. 그 실내화는 어디 있을까. 몇 번
신지 않아 새건데 그대로 두고 왔다. 그곳의 공기가 배어 있
는 것들은 꼴도 보기 싫어 다 두고 오거나 버렸다. 며칠 지나
자 몇몇 개는 아깝기도 했다.

교무실 문을 열었다.

아무도 없다. 교실과 교무실 중 어디가 더 싫었냐고 물어본
다면, 한영주는 쉽게 대답할 수가 없다. 교실도 싫고, 교무실
도 싫었다. 나이가 조금 많다는 이유만으로 반말을 하면서 한
영주에게 이것저것 지시한 교사들과 내 자식 같아서 그러지,
하면서 설교를 늘어놓은 교감. 아버지라면 차라리 "그만 좀
하세요." 하고 끊기라도 할 텐데, 교감에게는 그러지 못했다.
아마 교감도 집에서 자기 자식한테는 한영주에게 한 것처럼
길게 설교하지 못했을 테지.

한영주는 이미림의 책상 쪽으로 갔다.

— 오늘밖에 안 돼? 아쉽다. 하필 회식 날 올 게 뭐야? 내 책상 맨 아래 서
랍에 넣어 둘게. 찾아가.

서랍을 열어 보니 네모난 택배 상자가 있다. 수신인이 한영주라고 적혀 있는 걸 보니 맞다.

한영주는 상자를 든 채 멀뚱히 이미림의 책상을 바라봤다. 노트북과 텀블러, 탁상달력이 놓여 있다. 음악교사인 이미림은 한영주와 동갑이다. 이미림도 한영주와 똑같이 3년 전에 현진고에 왔다. 이미림은 한영주를 무척 편하게 생각했다. 현진고에 젊은 교사는 많지 않다. 그래서 이미림은 한영주에게 묻지도 않은 남자 친구 이야기나 가족 이야기를 자주 했다. 한영주는 주로 듣는 쪽이었다. 이미림은 기간제인 한영주와 달리 정규직 교사였다. 피아노를 전공하고, 미국에 2년간 유학도 다녀왔다. 이미림은 이제까지 한영주가 만났던 저쪽 세계의 사람이다.

언젠가부터 한영주는 이미림이 불편했다. 이미림은 부모가 차를 바꿔 준다고 했다며, 무슨 차를 사면 좋을지 색상은 어떤 게 좋을지 한영주에게 물어봤다. 운전면허조차 없는 한영주는 대답할 말이 없었다. 방학 때 어디로 여행을 가면 좋을지 물어볼 때도 마찬가지였다. 이미림은 잘 몰랐을 거다. 한영주가 한 달 월급을 받아 학자금을 갚고, 부모님에게 용돈을 보내 드리고, 월세를 내면 얼마가 남는지. 이미림에게 악의는 없었을 거다.

— 자기야, 그럼 회식하러 올래? 회식하러 와라. 응?

한영주는 이미림의 문자를 떠올렸다.

'정말 악의가 없을까? 내가 어떻게 학교에서 나갔는지 알면서, 그걸 다 봤으면서 저런 내용을 보내는 건 무슨 생각이지?'

교무실 문이 열리는 소리가 들렸다. 고개를 돌려 보니 처음 보는 여학생이다. 여학생은 고개를 꾸벅 숙여 한영주에게 인사했다. 한영주도 가볍게 목례를 해 받아 주었다. 2학년은 아닌 듯하다. 현진고는 한 학년에 네 반밖에 되지 않는 작은 학교다. 한 학년이 백 명 조금 넘기에 한영주는 자신이 가르쳤던 2학년들을 전부 알고 있다.

"저기, 임재은 선생님 안 계세요?"

여학생은 빈 교무실을 두리번거리며 물었다.

"아. 퇴근하셨어."

수련회를 간 1학년 담당 선생님들을 제외하고 전체 교직원의 회식이 있다.

쇼핑백을 챙긴 한영주가 교무실에서 나가려고 하는데, 교무실 전화벨이 울렸다. 받지 않고 그대로 두니 끊겼다. 하지만 곧바로 다시 전화가 왔다. 한영주가 받을 이유는 없다.

"전화 계속 오는데요."

학생이 한영주를 바라보며 말했고, 그대로 무시할 수가 없었다. 한영주는 전화기 쪽으로 다가갔다.

"네, 현진고입니다."

"지금 학교에 누가 있어요?"

"글쎄요. 저도 잘 모르겠는데요. 왜 그러시죠?"

한영주가 통화를 하고 있는데, 동시에 한영주의 핸드폰이 울렸다. 핸드폰을 들어 보니 액정에 '이미림'의 이름이 떴다. 한영주는 벨소리가 나지 않도록 무음 버튼을 눌렀다.

"거기에 꼼짝 말고 있어요. 절대 학교 밖으로 나오면 안 돼요."

"누구세요?"

"경찰입니다. 방송실 있죠? 그곳에 가서 학교에 남은 학생들에게 교문 밖으로 나오지 말라고 방송해 주세요."

한영주는 도무지 무슨 일인지 상황 파악이 되지 않았다.

"학교가 위험하다고요!"

상대가 다시 한번 소리를 질렀다.

주리와 아인은 운동장을 가로질러 걷고 있었다. 그런데 갑자기 에엥 하고 사이렌 소리가 시끄럽게 들렸다. 놀란 주리와 아인은 그대로 운동장에 멈춰 섰다. 학교 정문은 닫혀 있고, 그 앞을 경찰차가 빙 둘러쌌다.

"현진고 학생들, 움직이지 마세요. 학교 밖으로 나오면 절대 안 됩니다. 교문과 벽 주변에서 최대한 멀리 떨어지세요. 다시 한번 말합니다. 교내에 있는 현진고 학생들은 학교 밖으로 나오지 마세요!"

한영주는 경찰이 시키는 대로 했다. 학교에 있는 학생들에게 교무실로 오라고 방송했다.

가장 먼저 온 건 2학년 차선빈과 1학년 박재준이다. 한영주는 작년에는 1학년을, 올해는 2학년을 가르쳐서 선빈을 잘 알았다. 한영주는 교무부장 책상 위에 있는 이면지를 가져와 거기에 아이들의 학년과 이름을 적었다.

"여기 앉아 있으렴."

한영주는 교무실 왼편 끝에 놓인 휴게 탁자 앞 의자를 가리켰고, 선빈과 재준은 의자를 빼서 앉았다.

"너희, 학교에서 또 마주친 애들 없어?"

한영주의 질문에 선빈은 잠시 머뭇거렸다. 10분 전에 동아리실에서 주리를 보긴 했다. 하지만 그사이에 주리는 학교를 빠져나갔을 거다.

복도 쪽에서 누군가 달려오는 발걸음 소리가 들렸다. 교무실 문이 열렸다. 주리와 아인이다. 주리는 한영주를 보자마자 "선생님!" 하고 달려와 팔을 잡았다. 순간 한영주는 당황했지만 주리가 너무 찰싹 달라붙어 떼어 내지 못했다. 한영주는 경찰의 꼼짝 말라는 말보다 친한 척하는 주리가 더 낯설었다.

"어떻게 된 거예요? 선생님, 너무 무서워요."

주리가 숨을 몰아쉬며 격앙된 목소리로 말했다.

"괜찮을 거야."

한영주는 제 팔을 잡고 있는 주리를 슬쩍 밀어내며 말했다. 그리고 주리와 아인의 이름도 종이에 적었다. 그러다 처음부터 함께 있던 여학생의 이름을 물어보지 않은 게 생각났다.

"참, 넌 몇 학년이야? 이름은?"

"이한아. 1학년이요."

옆에서 재준이 끼어들어 얼마 전에 전학을 왔다고 알려 주었다.

한영주는 주리 이름 아래 한아의 이름을 적었다. 한영주가 가르쳤던 학년도 아니고, 한영주가 학교를 나간 후에 전학을 와서 처음 봤다.

"이렇게 여섯 명인가?"

한영주가 교무실에 모인 사람들을 둘러보며 중얼거렸다. 휴게 탁자에 다섯 명의 아이들이 앉아 있었다.

그때 드르륵 교무실 문이 열렸다. 여섯 명의 시선은 모두 열린 문을 향했다.

"씨발, 뭐야? 뭘 학교에 꼼짝 말고 있어?"

마지막으로 위진성이 문을 열고 들어왔다.

오후 7시

아이들은 되도록 진성과 눈을 마주치지 않으려고 했다. 교무실에 들어온 직후부터 진성의 태도는 일관됐다. 진성은 "짜증 나."라는 말만 반복했다. 한영주는 종이 맨 아래 '위진성, 2학년'이라고 적었다.

진성이 교무실로 들어온 이후, 다른 아이들이 조용해졌다. 진성은 욕을 섞어 가며 계속 혼잣말을 했다. 분위기를 파악한 진성의 목소리는 점점 더 커졌다. 아이들이 불편해하는 걸 아는 진성은 더 멈추지 않았다.

지하철에서 혼자 욕하는 사람을 만났을 때, 사람들은 두 가지 반응을 보인다. 다음 칸으로 옮기거나, 하차할 역이 나올 때까지 그냥 버티거나. 교무실 안 여섯 명의 사람들에게 선택지는 하나뿐이다. 경찰은 한곳에 모여 있으라고 지시했다. 지금은 나갈 곳이 없다. 지하철은 멈추지 않고, 문은 열리지 않는다.

"이게 무슨 일이에요? 폭탄이라뇨?"

진성의 혼잣말이 잦아들 즈음, 재준이 물었다. 한영주는 경찰이 말한 학교에서 나오면 안 되는 이유를 전달하긴 했다. 현진고등학교 주변에 폭탄이 설치되어 있고, 누구라도 교문을 나서는 즉시 폭탄을 터트리겠다는 글이 경찰청 SNS에 몇 차례 올라왔다는 거다. 경찰은 다시 지시가 있을 때까지 꼼짝 말고 교무실 안에만 모여 있으라고 했다. 하지만 경찰의 말이 도무지 이해가 가지 않았다.

"쌤, 이거 무슨 재난 시뮬레이션 같은 거예요?"

재준이 다시 물었다. 한영주는 무슨 말인지 몰라 "뭐?" 하고 되물었다. 재준이 부연 설명을 했다.

"왜 지진대피훈련 같은 거 하잖아요. 혹시 그런 거예요?"

"아니야."

한영주가 단호하게 대답했다. 그런 거라면 한영주처럼 학교를 그만둔 전 교사가 아닌, 현직 교사가 있을 때 이루어졌을 거다. 하지만 아이들에게 군이 그런 말을 할 필요는 없다.

"이거 재난 프로그램 같은 거죠?"

한영주가 대답을 하지 않자, 옆에 있던 선빈이 대신 말했다.

"그런 걸 고작 학생 여섯 명 데리고 하겠어?"

재준은 "아아." 하고 고개를 끄덕였다.

"진짜 있어요!"

주리가 아인의 핸드폰을 한영주에게 보여 줬다. 주리는 얼마 전 그 앱을 지웠지만, 아인은 사용 중이었다. 아인에게 앱에 접속하라고 해서 보니, 경찰청 SNS에 진짜로 협박 글이 있었다. 다른 아이들도 한영주와 주리 쪽으로 모여들었다.

현진고 교문 주위에 폭탄 설치함.

작동 버튼 누름. 지금 이 시간 이후로 누구든 교문을 들어오거나 나가면 터짐!

제대로 구해 봐라.

'VLZKCB11'라는 아이디를 클릭했다. 글은 경찰청 SNS에 남긴 협박 글이 전부였다.

"뭐야. 이 장난 글 때문에 우리가 이러고 있는 거예요?"

재준은 '장난'에 힘을 주어 말하고는 이 상황이 어이없다는 듯 피식 웃었다. 다른 아이들도 조금 안심이 되었다. 학교에 문제가 없다는 게 밝혀지면 곧 나갈 수 있을 거다.

"근데 장난이 아닐 수도 있잖아. 진짜면 어떡해."

주리가 미간을 찌푸리며 대꾸했다. SNS 글만 봐서는 실감이 나지 않는다. 하지만 교무실 창밖으로 학교 주변을 에워싼 경찰차가 보인다. 거리가 멀고 해가 져서 잘 보이지 않지만, 경찰차의 경광등이 요란하게 반짝이고 있다. 그리고 아이들은 갇혀 있다. 지금으로선 이 상황이 실제다. 교무실 안에 다시 긴장감이 맴돌았다.

"대박. 이게 다 통하네. 병신들."

갑자기 진성이 큭큭대며 웃기 시작했다. 주리와 아인이 진성을 노려보았고, 진성은 "뭐?" 하며 따졌다.

"백퍼 장난이지. 바보들 같으니."

진성은 교무실 오른쪽에 놓인 소파에 가서 다리를 펴고 가로로 길게 앉았다. 그리고 소리가 다 들리도록 음향을 키워 핸드폰 게임을 했다.

26

오후 8시

여섯 명의 아이들은 의자에 기대어 앉거나 책상에 엎드린 채 경찰의 다음 연락을 기다렸다. 그런데 갑자기 재준이 소리쳤다.

"오오, 대박! 우리 학교 검색어 1위인데?"

핸드폰으로 인터넷을 하고 있던 재준은 핸드폰을 주변 아이들에게 보여 줬다. 정말로 검색어 1위가 현진고다. 2위는 TNC 뉴스, 3위는 테러다.

"형, TV 틀어 봐요!"

선빈이 탁자 위에 놓인 리모컨을 들어 텔레비전을 켰다. TNC 뉴스에서 현진고 정문 앞이 나오고 있다.

"현재 협박범의 신원은 파악되지 않고 있습니다. 학교 안에는 일곱 명의 사람들이 갇혀 있다고 합니다."

"그들은 무사한 거죠?"

"네. 경찰에 따르면 선생님 한 명과 여섯 명의 학생이 모여 있다고 합니다."

"경찰이 문을 열고 들어가서 구조하면 안 됩니까?"

"재작년 상성 공장 테러와 유사한 면이 있습니다. 그때 협박 글을 허위로 판단하여 진입했고, 사상자가 나왔습니다. 글이 허위로 밝혀지거나, 폭탄이 없다는 것이 확인되어야만 무사히 학생들을 데리고 나올 수 있습니다. 곧 테러전담반에서 나와 폭탄의 설치 여부를 확인할 예정입니다."

"협박범이 요구하는 게 뭐죠?"

"아직 새로운 글은 올라오지 않고 있어, 요구사항을 알 수 없습니다."

기자 뒤에 현진고 교사들과 학부모들이 모여 있는 게 보였다.

아이들은 뉴스를 보느라, 부모와 전화를 하느라 바빴다. 학교에 갇혔다는 이야기를 아이들이 전했을 때, 부모들은 믿지 않았다. 신종 보이스피싱으로 오해하여 전화를 끊기도 했고, 오늘 만우절도 아닌데 헛소리하지 말라고도 했다. 하지만 경찰의 연락을 받고 부모들은 놀라서 학교 앞으로 왔다.

뉴스가 끝나고 교무실 전화가 울렸다. 한영주가 받았다.

"이동일 경사인데요."

아까 그 경찰이었다.

"아무래도 새벽까지 수색을 해야 할 것 같아요. 오늘은 학교에서 밤을 보내는 것으로 이야기가 됐어요."

한영주는 알았다고 대답한 후 전화를 끊었다.

"어떻게 하래요?"

옆에 서 있던 아인이 물었고, 한영주는 들은 것을 그대로 말했다. 주리는 짜증 난다고 종알거렸다.

"선생님, 근데 화장실 좀 갔다 오면 안 돼요?"

주리가 물었다. 교무실에 들어온 지 두 시간가량 지났다. 긴장을 했더니 더 화장실에 가고 싶었다.

한영주는 잠시 고민이 되었다. 경찰은 되도록 다 같이 모여 있으라고 했다. 하지만 화장실도 가지 말라고 할 수는 없다.

"그럼 같이 가자."

한영주는 아인과 한아에게 함께 가자고 했다.

"저는 괜찮아요."

한아가 화장실에 가고 싶지 않다고 했다.

"그래. 그럼 너는 여기 있어."

한영주는 주리와 아인만 데리고 교무실에서 나왔다. 주리와 아인이 서로의 팔짱을 낀 채 먼저 앞서서 걸었고, 한영주도 두 발 정도 뒤에 서서 따라갔다.

"이게 뭐야. 괜히 교실에는 들러 가지고."

주리가 아인을 흘겨보며 툴툴댔다. 아까 동아리실에서 나와 1층으로 내려왔을 때, 아인은 체육복이 떠올랐다. 어제 체육이 끝나고 땀에 젖은 체육복을 집으로 가져가는 걸 깜박했다. 내일 체육 시간에 입으려면 오늘 가져가서 세탁하는 게 좋다. 아인은 주리에게 잠깐 교실에 들르자고 했다. 그래서 둘은 4층 교실로 다시 올라갔다.

"아까 교실에만 안 들렀어도 학교 바깥으로 나갔을 텐데."

"미안해. 이럴 줄 몰랐어."

아인이 난처해하며 사과했다.

"됐어. 할 수 없지 뭐. 네가 일부러 그런 것도 아니니까."

화장실 앞에 도착했다. 주리는 들어가지 않고 멈춰 섰다.

"선생님 먼저 들어가요."

한영주는 주리, 아인에 앞서 화장실 문을 열었다. 혹시나 해서 칸칸마다 문을 열었다. 전부 다 비어 있다. 뒤에서 보고 있던 주리와 아인이 따라 들어왔다.

"한 명씩 들어가자."

한영주의 말이 끝나기 무섭게 주리가 맨 앞 칸으로 들어갔다. 아인과 한영주는 칸 밖에 서 있었다.

"감사해요, 선생님."

아인이 고개를 살짝 숙이며 말했다.

주리가 나온 후, 한영주는 고갯짓으로 아인에게 들어가라고 했다. 아인이 들어간 사이, 주리는 세면대 앞에서 손을 씻었다. 마지막으로 한영주가 화장실에 들어갔다 나왔다. 셋은 다시 교무실로 향했다.

한영주가 교무실로 들어와 문을 닫는데 선빈이 다가왔다.

"선생님, 체육관에서 매트라도 가져올까요? 여기서 밤을 그냥 샐 순 없을 것 같은데."

"그래. 그러자 그럼."

한영주는 "잠깐." 하고 선빈을 불렀다. 경찰의 허락을 받지 않고 체육관에 다녀와도 되나 싶어서였다. 그런데 한영주가 경찰에게 연락할 방법이 없었다. 전화를 건 이동일 경사의 번호를 모른다. 경찰은 교무실로 전화를 걸어 와서 번호가 남지 않았다. 112에 전화해서 현진고 교무실이라며 연락을 취해야 하는 건가.

"교감 선생님한테 여쭤보는 게 어떨까요?"

선빈이 의견을 냈다. 아까 뉴스에서 경찰들 옆에 교감이 서 있었다.

한영주는 내키지 않았지만 핸드폰을 꺼냈다. 그런데 교감 전화번호가 저장되어 있지 않았다. 학교를 나오면서 지웠다. 대신 이미림에게 메시지를 보냈다. 곧바로 이미림은 답을 해 왔다.

— 어머, 자기. 교감 번호도 지운 거야? ㅎㅎ

'ㅎㅎ'가 눈에 거슬렸다. 지금 이 상황에 'ㅎㅎ'라니. 하지만 "고마워요." 하고 답을 보냈다.

한영주는 이미림에게 받은 번호로 전화를 걸었다.

"저 한영주인데요."

"애들 잘 있죠?"

교감의 목소리가 너무 커 한영주는 핸드폰을 귀에서 살짝 뗐다.

"네. 저기, 경찰에서 새벽까지 수색이 이어질 것 같다고 해서요. 아무래도 체육관에서 매트라도 가져와야 할 것 같아요. 경찰에 좀 물어봐 주세요. 체육관 다녀와도 되냐고요."

"기다려 봐요."

한영주가 핸드폰을 들고 있는데 갑자기 전화가 뚝 끊겼다. 상대가 일방적으로 끊은 듯했다.

잠시 후, 교무실 전화가 울렸다. 경찰이다. 이동일 경사는 체육관에 다녀와도 된다고 했다. 이 경사가 전화를 끊으려고 해, 한영주는 직통으로 연락할 번호를 알려 달라고 했다.

오후 10시

교무실 안 왼편에 놓인 휴게 탁자를 벽 끝까지 밀었더니 공간이 생겼다. 그 위에 체육관에서 가져온 매트를 깔았다. 일곱 개가 다 들어가지 않아 통로 쪽에 한 개를 깔았다. 선빈은 자기가 거길 쓰겠다고 했다. 여학생과 남학생 매트 사이에 의자를 두 개 놓아 분리했다. 하지만 아이들은 매트 위에 눕지 않았다. 교무실을 벗어나지 말아야 한다는 경찰의 주의사항 때문에 밖으로 나가지는 않았지만, 아이들은 교무실 안에서 각자 영역을 확보했다.

선빈과 재준은 중앙에 있는 이하진 선생과 김은선 선생의 책상에 나란히 앉아 핸드폰으로 인터넷을 했고, 주리와 아인은 공지사항이 적힌 교무실 오른쪽 칠판 아래 소파에 기대어 앉아 역시 핸드폰으로 인터넷을 했으며, 한아는 한곳에 있지 않고 교무실 안을 돌아다녔고, 진성은 매트 위에 벌러덩 누워 흥얼흥얼 노래를 부르다가 킥킥대기를 반복했다. 한영주는 교 감 책상에 앉아 있다. 중앙이라 고개만 돌리면 오른편과 왼편 에 있는 아이들이 잘 보이기도 했고, 경찰의 전화가 오는 자 리기도 했다. 한영주는 교무실 안에 교사는 없고 아이들만 있 는 상황이 낯설었다.

밤 11시가 넘었지만 아이들은 잠을 잘 생각이 없는 듯했다. 한영주는 아이들을 그대로 두었다. 수련회도 아니고 아이들에 게 자라고 할 수도 없는 노릇이었다. 한영주도 잘 생각이 없 었다. 경찰은 새벽까지 수색이 진행될 거라고 했지만, 어쩌면 좀 더 일찍 연락이 올지도 모른다.

"선생님, 문을 잠그는 게 좋을 거 같아요. 혹시 모르니까요."

"그래."

한영주는 선빈에게 그러라고 대답했다. 선빈이 창문을 닫은 후 고리를 내려 잠갔다.

다시 선빈이 한영주 쪽으로 왔다.

"1층 복도 불은 모두 켜 놨어요."

"잘했어."

한영주가 건성으로 대답만 하고 있는데, 선빈은 뭔가 더 할 말이 있는 듯했다. 한영주는 고개를 돌려 선빈을 바라보았다.

"아이들한테 알려 줘야 하지 않을까요? 화장실 다녀올 사람 지금 다녀오라고."

한영주는 의자에서 일어서서 아이들에게 말했다.

"화장실 갈 사람 지금 다녀와. 교무실 문 잠글 거야."

아이들은 한영주의 말을 듣는 둥 마는 둥 하며 계속 핸드폰만 했다. 한영주는 목소리를 조금 높여 다시 물었다.

"화장실 가고 싶은 사람 없어? 진짜 없어?"

아이들은 고개 한번 들지 않았다.

"없지?"

한영주가 그만 문을 잠그겠다고 말하는데, 주리가 일어났다.

"선생님, 저 갈래요."

주리는 옆에 있는 아인에게도 같이 가자고 말했고, 아인이 슬그머니 일어섰다. 이번에는 한아도 같이 가겠다고 했다. 한영주가 여학생들을 데리고 화장실에 다녀왔다. 그 뒤를 이어 남학생들도 다녀왔다.

검색어 1위였던 현진고는 점점 순위가 떨어지기 시작했다. 밤 11시를 기점으로 아이돌 그룹의 이름과 그들이 지금 출연 중인 텔레비전 프로그램의 이름이 검색어 1위부터 10위를 대부분 채웠다. 빌보드차트에서 1위를 차지했다는 아이돌 그룹이 오랜만에 방송에 나왔다. 그 그룹의 팬인 주리도 이어폰을 끼고 실시간 스트리밍으로 봤다.

"어, 배터리 나갔네."

재준의 핸드폰이 꺼졌다.

"형은 몇 프로나 남았어요?"

재준은 선빈의 핸드폰 액정 앞으로 고개를 들이밀었다. 선빈의 배터리도 10프로가 채 안 남았다.

"형, 충전기 있어요?"

"아니, 없는데."

재준은 교무실을 어슬렁거리며 충전기가 있느냐고 물었다. 충전기를 따로 가지고 온 아이는 없었다. 재준은 몸을 숙여 책상 아래 콘센트를 찾기 시작했다. 교무실에 충전기를 두고 다니는 선생님이 한 명쯤은 있을 거다.

"아싸, 찾았다."

재준은 콘센트에 꽂혀 있는 충전기 하나를 발견했다. 신이 나서 들었는데, 기종이 다르다. 재준은 아이폰인데, 이 충전기는 안드로이드용이다.

"아, 뭐야."

재준이 짜증을 내자, 선빈이 왜 그러냐고 멀리서 물었다.

"아이폰이 아녜요."

"그래?"

"형 써요."

선빈은 안드로이드를 쓴다. 재준은 선빈에게 다가가 충전기를 건넨 후 다른 책상들을 찾기 시작했다. 하지만 안드로이드용을 한 개 더 발견했을 뿐, 아이폰용은 없었다.

"쌤, 컴퓨터 좀 써도 되죠?"

재준이 한영주에게 물었다.

"마음대로 해."

재준은 아무 책상 앞에 앉아 컴퓨터를 켰다. 다행히 비번이 걸려 있지 않았다. 재준은 인터넷에 접속했다. 교무실 안이 다시 조용해졌다.

"뭐야!"

주리가 꺅 소리를 질렀다. 갑자기 교무실 불이 꺼졌다. 한영주는 진성이 전등 스위치를 끄는 것을 봤다.

"위진성, 불 왜 껐어?"

한영주는 다른 아이들이 동요하지 않도록 곧바로 진성에게 물었다.

"저 밝으면 잠 못 자요."

진성은 태연하게 대답한 후 매트 위에 가서 누웠다. 창문 블라인드를 내리지 않아 완전히 어둡지는 않았다.

주리와 아인이 한영주에게 다가왔다. 한영주는 왜 그러냐고 물었다.

"선생님, 자면 안 돼요. 쟤 무섭단 말이에요."

주리는 한영주에게만 들릴 정도로 작게 말했는데, 이건 부탁보다는 지시에 가까웠다.

"걱정 말고 자."

주리는 불안한 듯 매트 쪽으로 가서, 진성과 제일 멀리 떨어진 왼쪽 끝자리를 잡고 누웠다. 그러다가 다시 일어났다.

"아인아. 나랑 자리 좀 바꿔 줘. 맨 끝은 너무 무서워."

"알았어."

주리와 아인은 자리를 바꿨다.

"얘, 1학년. 넌 안 자니?"

주리가 창가에 서 있는 한아에게 물었다. 한아는 고개를 돌려 주리를 바라보았다.

"너도 얼른 여기 와서 자."

한아가 매트 위로 올라와 주리 옆에 누웠다. 양옆에 사람이 있으니 주리는 덜 불안했다.

선빈과 재준도 컴퓨터를 끄고 매트 위로 갔다.

"선생님은 안 주무세요?"

선빈이 매트 위에 눕기 전에 물었다.

"괜찮아. 너희들 먼저 자."

아이들이 모두 매트 위에 누웠다. 아이들이 소곤대는 소리가 점점 잦아들었다. 교무실은 시험을 치르는 교실 안처럼 조용했다. 시험지를 넘기는 소리 대신 몸을 뒤척이는 소리가 들렸다.

그렇게 수요일의 밤이 지나가는 중이었다.

지긋지긋하다고, 학교는

오전 5시

깨울까 말까.

아인은 한참 고민하다가 한영주의 팔을 손가락으로 톡톡 건드렸다. 한영주가 놀라서 몸을 일으켰다. 한영주는 책상 앞에 앉아 있다가 그대로 잠이 들었다.

"왜? 무슨 일 있어?"

"선생님, 우리 언제 나가요?"

"아직 연락이 없네. 작업 중인가 봐."

아인은 무슨 말을 더 하려다가 그만두고는 매트 위가 아닌 빈 책상 앞으로 가서 앉았다. 아인은 회전의자에 앉아 한 바퀴 돌다가 끽 하는 소리가 나서 바로 멈췄다.

왜 이렇게 시간이 가지 않는 걸까. 겨우 새벽 5시를 넘었다니. 집에서는 이 시간에 깬 적이 없다. 아인은 밤새 잠을 자는 둥 마는 둥 했다. 매트 위도 너무 불편했고, 혹시 무슨 일이 생길까 봐 불안해 잠이 제대로 오지 않았다. 아인은 주머니에서 핸드폰을 꺼냈다. 배터리가 4프로밖에 남지 않았다. 밤새 엄마가 메시지를 엄청 보냈다.

　— 아인아, 괜찮은 거지? 엄마 걱정돼서 죽겠다.
　— 뭐 해? 자니?
　— 엄마가 기도하고 있어. 아무 일 없을 거야.
　— 아인아, 경찰에서 금방 구해 줄 거래. 좀만 기다려.
　— 우리 딸 잘 있어? 답 좀 보내 봐.

　아인은 "괜찮아. 걱정 마."라고 답을 보낸 후 화면을 껐다. 배터리가 더 이상 닳으면 곤란하다. 어제 재준이 아이폰 충전기를 구하지 못하는 걸 지켜봤다. 아인은 책상 위에 있는 컴퓨터를 켰다.
　드르륵 문이 열리는 소리가 났다. 인터넷을 하고 있던 아인은 흠칫 놀라며 문 쪽으로 고개를 돌렸다. 들어온 사람은 한아다.
　"화장실 갔다 왔어요. 선생님이 주무시고 계셔서 말 못 했어요."

묻지도 않았는데 한아가 먼저 말했다. 한영주는 별다른 말을 하지 않았다. 한아가 매트 위로 가서 누웠고, 아인은 한아를 바라봤다.

'언제 나간 거지?'

아인은 깬 지 한참 되었지만 한아가 나간 것을 보지 못했다.

오전 7시

'경찰의 말이 진짜일까?'

책상 앞에 앉은 선빈은 교무실 안을 살폈다. 아이들이 하나둘 매트에서 일어나고 있다. 선빈은 교감 책상 앞에 있는 한영주를 슬며시 바라봤다. 한영주는 핸드폰으로 무언가를 검색하고 있는 듯했다.

선빈은 조금 전 받았던 전화를 떠올렸다. 저장되어 있지 않은 번호였지만, 이른 아침에 스팸 전화일 리는 없어 전화를 받았다. 전화를 건 사람은 경찰이었다.

'차선빈 학생, 한영주 선생님한테 배웠죠? 한영주 씨 지금 뭐 하고 있어요? 뭐 이상한 건 없어요?'

경찰은 한영주를 선생님이라고 지칭하다가 씨,라고 부르기도 했다. 경찰이 용건은 말하지 않고 맴맴 돌기에 선빈이 직접적으로 물었다. 도대체 그걸 왜 묻느냐고, 진짜 궁금한 게 뭐냐고. 그러자 경찰은 잠시 머뭇거리다가 말을 했다.

"SNS가 외국 계정이라 아이디 주인을 알아내려면 시간이 걸릴 거 같아요. 그런데 같은 아이디를 사용하는 다른 메일 포털을 찾아냈어요. 거기도 외국 회사라 당장은 못 알려 주겠다는데, 서버 기록은 있어요. 마지막 사용 기록 IP가 오늘 새벽 현진고 서버예요. 거기 협박 글을 올린 사람이 있을 수도 있다는 거죠. 한영주 씨를 좀 잘 살펴봐요."

경찰은 누구에게도 말하면 안 된다고 당부했다.

"그런데 왜 한영주 선생님을 의심하시는 거죠?"

"아무래도 학교에 원한 있는 사람이 벌였을 확률이 크니까요."

한영주가 학교를 나가면서 작은 소동이 있었다. 교감과 한바탕했다는 게 학생들 귀에까지 들어왔다.

"한영주 씨뿐만 아니라 다른 학생 중에서도 의심 가는 사람이 있으면 바로 이 번호로 전화 줘요."

선빈은 알겠다고 말한 후 전화를 끊었다.

'정말 협박 글을 올린 사람이 한영주일까? 아니면 다른 인물?'

어젯밤 재준은 핸드폰 배터리가 없다며 교무실 컴퓨터를 썼다. 재준에게 왜 수련회에 가지 않았냐고 물었지만 마땅한 대답을 듣지 못했다. 진성이 또 일을 벌인 걸까? 진성과 같은 중학교를 나온 아이들에게 진성 이야기를 들었다. 오늘 새벽 학교 컴퓨터를 사용한 사람이 누구지? 여기, 글을 올린 사람이 있다고? 도대체 누가? 왜?

선빈은 찬찬히 고개를 돌려 한 명씩 바라봤다. 그러다가 아인과 눈이 마주쳤다. 아인의 표정이 미묘하게 일그러졌다. 선빈은 그 시선을 피하기 위해 먼저 고개를 돌렸다.

아인은 선빈을 불편해한다. 선빈이 주리와 헤어져서 그런 것만은 아니었다. 주리와 사귀는 도중에도 그랬다. 도대체 왜 그럴까. 단짝 친구의 남친이 별로 마음에 들지 않아서일까. 주리를 통해 아인의 이름을 듣게 되었을 때, 중학교 1학년 때 다녔던 공부방이 떠올랐다. 같이 다녔던 아이 중에 아인이란 아이가 있었다. 그런데 그때와는 외모가 많이 달랐다. 중학생 때는 살이 꽤 많이 쪘던 것으로 기억한다. 어쩌다가 주리와 함께 아인에 관해 이야기한 적이 있었는데, 아인은 고등학교 입학 전에 다이어트를 해서 살을 꽤 많이 뺐다고 했다.

그 이후에 학교에서 아인을 마주쳤고, 혹시 중학생 때 유정 공부방을 다녔냐고 물어봤다. 아인은 그렇다고 고개를 끄덕이면서 여전히 인상을 썼다. 또 구멍 난 기억이 있구나. 아인에게 잘못한 게 있다는 걸 선빈은 알아차렸다. 하지만 정확히 무엇인지는 모르겠다. 선빈은 가끔 저도 모르게 타인에게 화풀이를 할 때가 있다. 심한 욕을 할 때도 있고, 다른 사람의 물건을 훔친 적도 있다. 한번은 친구의 지갑이 선빈의 가방 안에 들어 있던 적도 있었다. 하지만 선빈은 친구의 지갑을 훔친 기억이 없었다. 자고 일어나면 방금 전 꾼 꿈이 기억나지 않듯, 그때의 일이 기억나지 않았다. 책을 읽다가 '단발성 기억상실'이 있다는 걸 알았다. 컴퓨터 데이터를 삭제하는 것처럼 머리가 스스로 부분 기억을 의도적으로 삭제하는 것이다. 스스로 방어기제로 행하는 것이기에 뇌에 문제가 있지는 않다고 했다. 잊은 게 아니라, 일부러 잊고 있는 것이라면 기억해 낼 수 있을 것이다.

선빈도 아인을 마주칠 때마다 무슨 일이 있었는지 기억해 내려고 노력했다. 간신히 그때 장면까지 떠올랐다.

선빈과 아인이 마주 보고 있다. 선빈이 말을 하는데, 음소거 처리가 된 것처럼 소리가 들리지 않는다. 선빈 말을 들은 아인이 운다. 도대체 무슨 말을 한 거야. 아무리 기억해 내려고 해도 그것만 기억나지 않는다.

설마, SNS에 글을 올린 건 선빈 자신일까? 선빈이 모르는 선빈이 그런 거라면 어쩌지? 선빈은 핸드폰을 꺼내 앱을 찾았다.

오전 8시

"쌤, 배고파요."

재준은 눈을 뜨자마자 그 말을 했다. 다들 어제부터 저녁도 먹지 못했다. 배가 고팠지만 금방 나갈 거라 여겨 다들 그냥 참았다. 하지만 경찰은 기다리라는 말만 했다.

"나도 배고픈데."

마지막으로 일어난 진성도 그 말을 했다. 한영주는 어제 경찰이 알려 준 번호로 전화를 걸었다. 하지만 받지 않았다. 교감에게 전화를 걸고 싶지는 않았다. 어떻게 해야 하나 하고 있는데, 교무실 전화벨이 울렸다.

"아싸! 전화다!"

재준이 큰 소리로 말했고, 아이들은 기대에 가득 차 전화기를 바라보았다.

한영주가 전화를 받았다.

"여보세요."

"이동일 경사인데요."

"네. 저희 이제 나가도 되나요?"

"조금만 더 기다려 주세요. 폭탄 감지기가 도착을 안 해서 검사를 못 했어요. 곧 테러전담 감식반이 부산에서 올라올 거예요."

"언제까지 기다려야 하는 거예요?"

"금방 될 거예요. 아, 네."

이 경사는 옆에 있는 사람과 대화를 하다가 전화를 뚝 끊어 버렸다.

"경찰이 뭐래요? 이제 나가도 된대요?"

"아직."

한영주는 경찰에게 들은 걸 그대로 알려 주었다.

"뭐야. 그럼 밤새 아무것도 안 했다는 거야?"

"아, 짜증 나."

한영주가 하고 싶은 말을 아이들이 대신했다.

"밥은 어떻게 하래요?"

진성이 신경질을 내며 물었다. 한영주가 다시 경찰에게 전화를 걸었지만 받지 않았다. 이럴 거면 전화번호는 왜 가르쳐 주었는지 모르겠다.

"쌤, 매점 가요."

재준이 매트에서 일어나며 말했고, 다른 아이들도 그러자고 동조했다. 한영주는 경찰에게 매점에 가도 되느냐고 물어봐야 하나 고민하다가 그냥 아이들을 따라 일어났다.

"그래. 가자."

한영주는 아이들을 데리고 매점으로 갔다.

그런데 매점 문이 닫혀 있었다. 한영주는 행정실에서 마스터키를 가져와 자물쇠를 열었고, 아이들은 우르르 매점 안으로 들어갔다.

컵라면과 포장된 빵, 음료수, 과자. 매점은 여느 날과 다르게 없었다. 다만 계산대가 비어 있었다. 아이들은 제일 먼저 컵라면이 있는 곳으로 몰렸다. 각자 입맛에 맞는 컵라면을 하나씩 고르고, 소시지가 든 빵을 하나씩 챙겼다.

"선생님, 계산은 어떻게 해요?"

컵라면의 비닐을 벗기면서 아인이 물었다.

"어? 나도 돈 없는데."

재준도 빈 주머니를 확인하고는 말했다. 다들 상황은 비슷했다. 지갑을 들고 온 아이는 없었다.

"그럼 여기에 자기 이름이랑 먹은 거 적어."

계산대 옆에 이면지가 있었다. 한영주는 그걸 들어 보여 주었다. 선빈부터 와서 자기가 고른 품목을 적기 시작했다.

"누가 여기 있고 싶어서 있는 건가. 씨, 왜 우리가 계산까지 해야 해? 이건 학교에서 대 줘야 하는 거 아니야?"

진성은 맨 마지막에 제 이름을 적으며 중얼댔다.

재준은 3분이 채 지나기도 전에 컵라면 뚜껑을 열어 설익은 라면을 먹기 시작했다. 다른 아이들도 따라서 뚜껑을 열었다가, 익지 않은 라면을 보고는 도로 뚜껑을 덮었다.

한영주도 물건이 놓인 곳으로 갔다. 한영주는 초코바 하나와 커피우유를 가져왔다.

"아, 배고파. 형 더 안 먹을래요?"

재준은 어느새 컵라면 하나를 뚝딱 다 먹어 치웠다. 선빈은 아직 3분의 1도 먹지 않았다.

"난 괜찮아."

재준은 배가 좀 부른지 아까와 달리 천천히 매점을 둘러보

왔다. 컵라면의 종류는 스무 가지가 넘었다. 재준이 새 라면을 들고 와 자리에 앉으며 말했다.

"먹을 거 엄청 많아요. 이렇게 한 달도 버티겠어요."

"재수 없는 소리 하지 마."

선빈이 싫다며 고개를 절레절레 저었다.

"근데 너 진짜 잘 먹는다."

두 번째 라면도 후루룩 먹어 치우는 재준을 보고 선빈이 감탄하듯 말했다.

"그렇게 잘 먹는데 어떻게 살은 하나도 안 쪘냐?"

"키가 크잖아요. 먹는 게 다 키로만 가요."

선빈은 이해된다며 고개를 끄덕였다. 학교에서 재준은 키 큰 걸로 유명했다. 선빈도 처음 동아리실 문을 열고 들어오는 재준을 보고 고개를 들어 한참을 바라봤다. 재준은 현진고에서 키가 가장 컸다. 게다가 재준은 마르고 목이 긴 편이라 더 커 보였다. 걸을 때도 뼈가 없는 연체동물처럼 흐느적흐느적 움직였다. 그래서 별명이 풍선피에로다. 누가 키를 물어보면 재준은 189cm라고 대답하지만, 실은 192cm다. 192cm는 너무 거인 같아 보일까 봐 3cm를 줄여 말했다. 어릴 적부터 그랬다. 누가 키를 물어보면 재준은 항상 1-2cm를 줄여 말했다. 재준은 태어날 때부터 유달리 크게 태어났고, 항상 또래보다 컸다. 친구들은 키가 큰 재준을 보고 부럽다고 했지만, 재준은 잘 모르겠다. 높은 곳에 있는 물건을 쉽게 꺼낸다는 것을 제

외하고는 좋을 게 딱히 없다. 실제 제 나이보다 나이가 많아 보이는 건 유리하지 않다. 또래들이 하는 것처럼 장난을 치면 다 큰 애가 왜 그러냐는 말을 듣고, 동갑 친구들과 놀고 있으면 지나가던 어른들은 왜 동생들과 노느냐고 꼭 한마디 보태고 갔다.

재준은 '평균', '표준'이라는 단어를 좋아한다. 그 말처럼 숨기 좋은 게 없다. 튀는 삶은 싫다. 튀고 싶지 않다. 표적이 되는 건 싫다.

식사를 마쳤음에도 누구도 자리에서 일어나지 않았다. 아이들은 느긋하게 앉아 있다. 교무실로 돌아가고 싶지 않다. 거기보다 여기 매점이 낫다.

"우리 이따가 경보 해제되면, 집에 갔다가 다시 학교 와야 하는 건가?"

주리가 빨대로 초코우유를 쪼르륵 빨아 먹으며 아인에게 물었다.

"그렇겠지. 갔다가 다시 오기 귀찮은데."

아인은 집까지 왔다 갔다 하는 시간을 따져 보았다. 족히 한 시간은 넘게 걸릴 거다.

"그래도 난 집에 가서 좀 씻고 오고 싶어. 찝찝해 죽겠어."

주리가 툴툴거렸다.

간식으로 아이스크림을 먹고 있는데, 선빈의 핸드폰이 울렸다. 아까 경찰 번호와는 다르다.

"여보세요."

"한영주 선생이랑 같이 있니?"

상대는 대뜸 반말이다. 선빈이 되묻는 "네?"도 아니고, 긍정의 "네."도 아니고 어정쩡하게 "네에?"라고 대답하니, 상대는 자신이 교감이라고 말했다.

"한영주 선생 좀 바꿔 봐."

선빈은 핸드폰을 들고 일어나 한영주에게 갔다.

"선생님, 교감 선생님이 바꿔 달라는데요."

한영주는 인상을 찌푸린 후 핸드폰을 건네받았다.

"여보세요."

"왜 전화 안 받아요? 내가 몇 번이나 했는데."

교감의 고성에 한영주의 미간이 더 찡그려졌다. 핸드폰 배터리가 다 되어 충전하느라 교무실에 그대로 두고 왔다. 그걸 설명할 사이도 없이 교감이 곧바로 다른 말을 했다.

"한 명이 더 있어요!"

"네?"

"학생이 한 명 더 있다고요!"

한영주가 교감과 통화를 하는 사이 매점 문이 열렸다. 그리고 누군가 들어왔다.

오전 9시

다들 멀뚱히 문 쪽을 바라봤다. 누구지? 현진고 교복을 입고 있긴 하지만 처음 보는 아이다.

"네가 서지우니?"

한영주가 물었다.

"네."

한영주는 교감에게 지금 서지우가 매점에 들어왔다고 말한 후, 교감의 다른 말을 듣지 않고 먼저 전화를 끊었다.

"너 어제부터 학교에 있었어?"

"네. 깜박 졸았어요. 일어나 보니 아침이더라고요."

지우는 한영주 맞은편 의자를 빼고 거기에 앉으며 대답했다.

"어디에 있었는데?"

"도서관이요."

한영주는 이해가 가지 않았다. 저 아이는 어젯밤 소동을 하나도 몰랐단 건가? 그게 말이 되나?

"너 몇 학년이야?"

"2학년이요."

"2학년이라고?"

한영주는 작년에 1학년을, 올해 2학년을 가르쳤다. 전 반 수업을 다 했기에 지금의 2학년 아이들을 대부분 알고 있었다. 옆에서 대화를 듣고 있던 2학년인 선빈과 주리, 아인, 진성도 2학년이라는 말에 놀라서 서로를 바라보았다. 다들 지우를 본 적이 없었다. 주리가 아인에게 입 모양으로 "쟤 알아?"라고 물었고, 아인은 모르겠다고 고개를 저었다.

"전학 왔어?"

"아뇨. 저 작년에 입학해서 계속 다녔어요."

지우는 눈을 천천히 깜박이며 대답했다.

"선생님도 저 기억 못 하시는구나."

"어?"

"전 선생님 수업 되게 좋아했는데."

한영주는 당황한 걸 숨기면서 지우에게 왜 학교에 있었던 거냐고 물었다.

"넌 어제 박람회 안 갔어?"

"갔죠. 끝나고 책 빌리려고 학교에 왔어요."

"도서관 문이 열려 있었어?"

사서 선생님이 퇴근을 하면서 문을 열고 갔을 리는 없다.

"아뇨. 잠겨 있는데 제가 열었어요. 사서 선생님이 열쇠 말고 위에 있는 문고리만 걸고 가실 때가 있거든요. 거기서 책 읽다가 잠들었어요."

"교무실로 오라는 방송 못 들었니?"

한영주는 지우의 말을 믿을 수가 없었다. 밤새 혼자 도서관에 머무는 게 가능한가.

"어? 방송 못 들었는데."

"진짜?"

어제저녁, 혹시나 학교에 남아 있는 아이들이 있을까 봐 한영주는 여러 차례 방송을 했다.

"아, 도서관은 방송 안 나와요."

옆에서 듣고 있던 선빈이 끼어들었다.

"왜 안 나와?"

"그저께 도서관에서 작가 강연 했거든요. 그때 교무부장님이 자꾸 방송해서 껐어요."

선빈은 신문부라서 취재차 강연을 들으러 갔다. 강연이 끝난 후 선빈이 단체 사진을 찍어 주었고, 그다음 작가와 인터뷰를 진행했다.

"맞다. 그날 그랬어요. 저도 작가와의 만남 갔거든요."

지우가 말했지만, 선빈은 지우가 기억나지 않았다.

"책 읽다가 잠들었어요. 깨 보니까 새벽이더라고요. 무서워서 그냥 있었어요."

지우가 말을 하면 할수록 다들 더 이해가 되지 않았다. 계속해서 지우가 어제 일을 설명했다.

"새벽에 집에 가는 게 더 무섭잖아요. 그리고 엄마가 출장 가서 집에 아무도 없거든요."

"도서관에서 밤을 새우는 게 말이 돼?"

"처음 아닌데."

"뭐?"

"작년에도 도서관에서 밤 새운 적 있어요. 소설을 읽는데, 너무 재미있어서 멈출 수 없더라고요. 사서 선생님이 안 계셔서 대출도 할 수 없고. 그래서 그냥 계속 읽었더니 아침이더라고요. 그때 이틀을 꼬박 학교에 있었어요."

지우가 너무 술술 이야기하기에, 한영주는 할 말을 잃었다.

"그래. 작년 일은 그렇다 치자. 그럼 오늘은 어떻게 된 거야? 우리가 여기 있는 건 어떻게 알았어?"

"아침에 일어나서 교실로 갔는데 아무도 안 오더라고요. 근데 엄마한테 연락이 왔어요. 오늘 학교 절대 가지 말라고요. 그래서 학교라고 말하니까 엄마가 놀라더라고요. 엄마가 담임 선생님한테 전화해서 제가 학교에 있다고 했나 봐요. 담임 선생님이 교무실로 가라고 알려 주셨어요."

"교무실에 들렀다 여기 온 거야?"

"거기 아무도 없더라고요. 혹시나 해서 여기로 와 봤어요. 근데 선생님."

"응?"

"저도 배고픈데 먹어도 되죠?"

지우가 음식 쪽을 가리키며 물었다.

"어, 그래."

한영주가 고개를 끄덕였고, 지우는 빵과 우유를 가져와 빈 탁자에 앉아 먹기 시작했다.

오전 10시

경찰은 조금 더 기다리라고 했다.

한영주가 그 말을 전하자, 교무실로 돌아온 아이들은 "아, 짜증 나.", "도대체 언제까지요?"라며 화를 냈다. 한영주가 그 지시를 내린 것도 아닌데, 아이들의 투덜거림을 받고 있자니 한영주도 기분이 좋지 않았다. 경찰은 자세한 사정은 이야기하지 않고, 기다리라는 말만 반복했다. 이 상황이 답답한 건 한영주도 매한가지다. 게다가 아이들이야 이 학교 학생이기라도 하지, 자신은 더 이상 이곳과 연관이 없는 사람이었다. 몇몇 뉴스에서는 '전 교사'라고 한영주를 소개했고, 도대체 왜 전 교사가 같이 있는 거냐며 이상하다는 댓글을 올리는 사람도 있었다.

"오늘 수업 안 하니까 좀 참아 봐."

너무나 당연한 말이지만, 그 말을 들은 아이들은 볼멘소리를 덜 했다. 학생들이 수업에 집중하지 못하고 분위기가 좋지 않을 때, 한영주는 "너희들이 잘하면 수업 일찍 끝내 줄게."라고 했다. 그러면 아이들은 곧바로 반응을 보였다. 수업하러 온 학교에서 수업을 안 하는 걸 아이들은 무척 좋아했다.

"그럼 우리 이따가 다시 학교 안 오는 거죠? 그대로 집에 가는 거죠?"

주리의 물음에 한영주는 우선 그럴 거라고 대답했다. 사실 한영주도 어떻게 될지 모른다. 하지만 성난 아이들을 달래려면 그렇게 대답하는 수밖에 없었다. 몰라도 아는 척해야 하는 게 교사다.

"아, 씨. 세수나 하고 와야겠다."

매트 위에 앉아 있던 진성이 일어났다.

"쌤, 화장실은 갔다 와도 되죠?"

진성은 껄렁대며 한영주에게 물었다. 한영주는 그러라고 대답하며 선빈을 바라보았다. 남자아이들 다 같이 다녀오라는 뜻이었다. 선빈은 한영주의 의중을 알아채고는 재준에게 "우리도 가자."라고 말했다. 진성과 선빈, 재준이 교무실 밖으로 나갔다.

"너희들은 안 갈래?"

한영주가 여자아이들에게 물었다. 주리가 방금 교무실에서 나간 아이들을 턱으로 가리키며 "쟤네 오면요." 하고 대답했다. 주리와 아인은 소파에 나란히 앉았다.

"다른 애들은 좋겠다. 걔네는 그냥 휴일이잖아. 다들 뭐 하고 지내려나."

주리의 말을 듣고 아인은 작년 휴교일을 떠올렸다. 큰 태풍이 온다고 해서 갑자기 휴교를 했다. 하지만 태풍은 한반도를 비켜 지나갔고, 아이들은 하루라는 방학을 얻었다. 그날 아인은 주리와 메시지를 주고받다가, 집에 있기 심심해서 둘이 영화를 보러 갔다.

"근데 너, 쟤 본 적 있어?"

주리는 아인 옆에 바짝 붙어 앉으며 물었다. 아인은 흠, 하고 잠시 생각을 했다. 못 본 것 같긴 한데, 봤던 것 같기도 하고, 아닌 것 같기도 하고 잘 모르겠다. 1학년 한아는 학년도 다르고 전학생이기도 해서 어제 교무실에서 처음 만난 게 이상하지 않았다. 그런데 지우 역시 한아만큼 낯설다.

"쟤, 혹시 학교 귀신 아냐? 막 졸업 못 하고 몇십 년 다니는 귀신 있다잖아."

주리는 스스로 말해 놓고도 소름이 돋는지 손으로 양팔을 문질렀다.

"말도 안 돼."

아인은 그럴 리 없다고 하면서 힐끔 지우를 바라보았다. 아무리 생각해도 지우를 본 기억이 없다. 아인의 심장이 두근댔다. 아인은 고개를 숙여 지우의 다리가 있나 확인했다. 귀신은 다리가 없다는 이야기가 있다. 그런데 멀쩡하게 두 다리가 있다.

"다리가 있잖아."

아인이 주리의 귀에 대고 속삭였다.

"다리 있는 귀신도 있지 않을까?"

"그런가?"

"그렇지 않을까?"

사실 둘 다 귀신을 직접 본 적이 없기에 이런 대화는 무의미했다.

주리는 계속 의심쩍다는 듯 지우를 바라봤다. 그러다가 문 쪽에 앉아 있는 지우를 향해 조금 큰 목소리로 물었다.

"너 진짜 도서관에 있었어?"

지우는 자기에게 묻는 걸 듣지 못했고, 주리는 지우 근처까지 걸어갔다. 하지만 어딘가 좀 무서워 1m 간격을 유지했다.

"도서관에서 어떻게 밤을 새워?"

자기 앞까지 다가온 주리를 보고서야, 지우는 방금 전 주리가 제게 말을 걸었다는 걸 알았다.

"아, 어쩌다 보니까."

"너, 몇 반이야?"

"1반."

"1반? 그럼 구수민 알아?"

"응."

주리는 지우와 이야기를 하는 도중에 슬쩍 핸드폰을 꺼내 수민에게 메시지를 보냈다.

— 너희 반에 서지우라는 애 있어?

곧바로 '너 뭐 하고 있어? 언제까지 거기 있어?'라는 답이 왔다. 수민은 질문에는 대답을 하지 않고, 학교 안 상황만을 물었다.

"작년에는 몇 반이었어?"

"3반."

"어? 나 4반이었는데. 옆 반인데 왜 못 봤지?"

지우가 "난 너 많이 봤는데."라고 말했지만, 주리가 아인에게 "얘 3반이었대."라고 말을 하는 것과 겹치는 바람에 주리는 그 말을 듣지 못했다.

"너 중학교는 어디 나왔어?"

"대성중."

"아, 거기."

주리가 재빠르게 머리를 굴려 보았지만, 대성중 출신 친구는 없었다. 대성중은 여기서 꽤 거리가 있다. 대성중을 나온 아이들은 현진고까지 잘 오지 않았다. 그나저나 수민은 왜 답을 하지 않는 걸까. 주리는 다시 한번 수민에게 '너 서지우 아니고?'라고 메시지를 보냈다.

재준은 화장실에서 대충 세수를 했다.

"형, 우리 바로 교무실로 가야 해요? 좀 답답한데."

교무실은 비록 교실보다 넓지만, 좋은 일로 오는 곳이 아니기에 편하지가 않았다. 화장실에서 나온 재준과 선빈은 곧바로 교무실로 돌아가지 않고 복도를 서성였다.

"우리 동아리실에 가 있으면 안 돼요?"

"동아리실에?"

"저 인터뷰 기사 써야 해요. 형도 교정 봐야 하잖아요. 굳이 교무실에 모여 있을 필요 없을 것 같은데."

"그럼 한번 물어볼게."

한영주는 교감 책상에 앉아 있었다. 선빈은 한영주에게 다가갔다.

"선생님, 저희 신문부인데 할 게 있어서요. 동아리실에 다녀와도 될까요?"

한영주는 창밖으로 고개를 내밀어 바깥 상황을 살폈다. 정문 쪽에는 여전히 경찰들이 모여 있었다. 하지만 지금 일이 어떻게 진행되는지 알 수가 없었다. 경찰은 계속 조금만 더 기다리라는 말만 했다. 한영주는 이 상황이 이해가 가지 않았다. 고작 인터넷에 올린 한 줄의 협박 글 하나를 처리하지 못하다니. 그 장난일지도 모르는 글에 쩔쩔매는 꼴이 우스웠다.

"그래. 그럼 동아리실만 들러야 해."

재준과 선빈은 고개를 꾸벅 숙인 후 교무실 문을 열고 나갔다. 그런데 진성이 갑자기 가방을 챙기더니, 그걸 들고 일어섰다.

"위진성, 너 어디 가?"

"저도 교무실에 있기 싫어요."

한영주는 서둘러 진성을 따라 나갔다. 또 무슨 사고를 치려나 싶어 걱정이 앞섰다.

털레털레 걷던 진성은 교장실 앞에 멈춰 섰다. 그러더니 교장실 문을 활짝 열고 그 안으로 들어갔다. 한영주도 진성을 따라 들어갔다. 교장실 문을 직접 열고 들어온 적은 처음이다. 보통 교장실은 옆에 연결된 행정실을 통해 들어갔다. 다들 그렇게 하기에 한영주도 교장실에 갈 일이 있으면 그리했다. 교장실 문을 열고 들어가는 사람은 교장밖에 없다.

"아, 씨발. 혼자 쓰는데 졸라 넓어."

교장실은 넓은 책상 하나와 마주 보는 6인용 소파 두 개, 그리고 1인용 소파 한 개, 싱크대와 냉장고를 두고도 공간이 널찍했다.

진성은 교장실 소파에 벌러덩 드러누웠다. 그리고 탁자 위에 놓인 리모컨을 들어 텔레비전을 켰다. 한영주는 나가지도 못하고, 그렇다고 진성을 그대로 두지도 못한 채 엉거주춤 문앞에 서 있었다. 그런 한영주를 보고 진성이 한마디 했다.

"쌤도 저기 앉아서 같이 보든지요."

진성이 1인용 소파를 가리켰다.

"딴 데 가지 말고 여기 있어야 해. 알았지?"

"걱정 마셈."

한영주는 교장실 문을 열고 나왔다. 피곤하다. 학교에 온 지 고작 만 하루도 되지 않았다. 일이 이렇게까지 될 줄 몰랐다. 책상 앞에 엎드려 잠을 자서 그런가? 어깨가 뭉쳤다. 교무실로 돌아가기 전에 한영주는 스트레칭을 했다.

"너희들도 화장실 다녀와."

한영주는 남아 있던 여자아이들을 향해 말했다. 한영주는 같이 가지 않을 생각이었다. 굳이 어제처럼 다 같이 다닐 필요가 없을 듯하다. 주리와 아인, 한아가 일어서서 나갔고, 지우는 가지 않았다.

"넌 안 가니?"

"전 아까 세수했어요."

한영주는 책상 위에 놓인 핸드폰만 뚫어지게 바라보았다. 지금 한영주가 할 수 있는 일은 하나밖에 없다. 경찰의 연락 기다리기. 기다리기. 또 기다리기. 기다림의 시간은 언제나 그렇듯 길다.

복도를 걷던 주리가 아인의 팔을 잡아당겼다.

"걔, 아무래도 좀 이상하지 않아?"

주리가 고개를 돌려 턱짓으로 교무실을 가리키며 말했다.

"누구?"

"누구긴. 지우라는 애. 말이 안 되잖아. 혼자 밤을 새웠다는 게."

"그건 그래."

아인도 동의한다며 고개를 끄덕였다.

"얘는 왜 답문이 없는 거야."

주리가 핸드폰을 꺼내 수민에게 답이 왔는지 확인했다. 서지우를 아느냐는 메시지를 보냈는데, 아직 읽지 않았다.

"진짜 귀신일까?"

"설마."

"만약 진짜면 어떡하지?"

주리와 아인은 서로를 마주 본 채 으으, 하고 두 주먹을 쥐고는 몸을 부르르 떨었다. 주리는 아인의 팔짱을 바짝 낀 후 화장실 안으로 들어갔다. 한아가 먼저 빈칸으로 들어갔다. 주리와 아인도 각각 빈칸으로 갔다.

"아인아."

"응?"

"그냥 불렀어."

주리는 볼일을 보면서 계속 아인에게 말을 걸었다. 최대한 빨리 이 좁은 화장실에서 나가고 싶었다.

주리가 제일 먼저 나왔고, 아인과 한아가 뒤를 이어 나왔다.

"왜 우리 학교에서 그 사건 있었잖아."

주리가 세면대 앞에서 손을 씻으며 말했다. 세면대가 두 개라 주리와 아인이 먼저 손을 씻었고 한아는 주리 뒤에서 기다렸다.

"무슨 사건?"

"왜 그거, 옥상에서 뛰어내렸다는."

"아, 그 사건?"

손을 다 씻은 주리가 옆으로 비켜섰고, 그다음 한아가 손을 씻었다.

"그거 진짜야? 소문 아냐?"

"아냐. 진짜래. 너 이빛나 알지? 걔네 언니가 우리 학교 졸업했잖아. 빛나한테 들었단 말이야."

주리는 진짜 있었던 일이라고 알려 주었다. 주리와 아인은 벽에 걸린 휴지를 뽑아 손을 닦았다.

"난 소문인 줄 알았는데. 근데 왜 그런 거야?"

"성적 스트레스 때문이라던데."

"진짜 학교에서 그랬대?"

"응. 완전 무섭지 않나?"

"그럼 설마 쟤가?"

주리가 으으, 하고 인상을 쓰는데, 쾅 하는 소리가 들렸다. 주리와 아인이 깜짝 놀라 소리가 나는 쪽을 쳐다보았다. 한아가 나가면서 문이 닫히는 소리였다.

오후 1시

재준은 정지 버튼을 누른 후 귀에서 이어폰을 뺐다. 엊그제 작가와의 만남이 끝난 후, 신문부에서 인터뷰를 했다. 재준이 인터뷰 기사 담당이었다. 그런데 지금 작가 인터뷰 녹취나 풀어 쓰고 있을 때가 아니다. 재준은 의자를 끌고 선빈 옆으로 다가갔다.

"형, 근데 이거야말로 진짜 신문 기삿거리 아녜요?"

기사를 정리하고 있던 선빈은 "뭐가?" 하고 되물었다.

"뭐긴요. 지금 이 테러요."

"테러?"

선빈은 피식 웃었다.

"그냥 누군가 장난친 거겠지. 얼른 인터뷰 기사나 써."

"장난이든 아니든 그게 뭐가 중요해요. 도대체, 누가, 왜, 그런 글을 올렸을까요? 장난이라도 목적이 있을 거 아니에요. 그게 뭘까요?"

재준은 취재 나온 기자처럼 굴었다.

"세상엔 시간 많고, 정신 나간 사람들이 많으니까. 그중 한 명이겠지 뭐."

선빈은 재준의 말에 대꾸하면서 계속 기사를 썼다. 인터넷 웹사이트에 모 학교 학생을 폭행하겠다느니, 납치하겠다느니 글을 올리는 자들이 있다. 막상 그 시간에 협박 장소에 가 보면 글을 쓴 당사자는 없었다. 왜 그런 글을 올렸느냐고 물으면 주목받고 싶어서 그랬다는 어이없는 대답이 돌아왔다. 그들은 PC방에서 손가락으로만 허세를 부리는 키보드 워리어일 뿐이다.

"왜 하필 우리 학교일까요. 이 근방에 다른 학교도 많잖아요."

재준은 인근 학교 수를 손가락을 접어 가며 따졌다.

"협박범이 우리 학교와 연관된 사람이지 않을까요?"

"뭐 그럴 수도 있고."

"형은 안 궁금해요?"

"너 일 안 할 거야? 인터뷰 기사 쓰겠다며?"

"지금 일하고 있잖아요. 궁금해하는 게 기자의 일이죠. 형, 봐요."

재준은 제 옆에 놓인 노트에 '1. 재학생, 2. 졸업생, 3. 제3의 인물'이라고 적었다. 선빈은 힐끔 보더니, "교직원도 있잖아." 라고 한마디 했다. 그러자 재준은 "아, 역시 편집장."이라며 선빈을 추켜세웠다. 재준은 '4. 교직원'이라고 썼다.

"혹시 3학년 그 선배 아닐까요?"

"누구?"

"김세원 선배요."

지난달, 중간고사가 끝나고 3학년에서 떠들썩한 일이 생겼다. 3학년 학생 한 명이 시험지 유출이 된 것 같다며 문제를 제기했다. 3학년에 현진고 교사의 조카가 있는데, 그 조카의 수학 시험 점수가 2학년 때에 비해 크게 올랐다. 그걸 두고 같은 반 학생이 의문을 제기했고, 성적이 오른 학생과 친척 교사는 말도 안 된다며 억울하다고 항변했다. 작년에 모 사립학교에서 자녀에게 시험지를 유출하여 문제가 된 일이 있었다. 그 이후로 교사의 가족, 친인척이 학생으로 재학 중인 경우 의심의 대상이 되었다. 친척 교사의 담당 과목이 수학이 아니고, 시험지를 관리하는 담당도 아니었기에, 의문을 제기한 학생이 사흘 정학을 받았다.

"솔직히 정학은 좀 심하지 않았어요?"

"뭐 그 선배가 언론에 제보하는 바람에 학교 입장에서는 좀 골치 아팠으니까."

현진고는 학생 수가 적어 내신을 잘 받는 게 다른 학교에 비해 어려운 편이다. 그래서 현진고는 학생들이 선호하는 학교는 아니다. 학생들의 지망이 줄자, 현진고에서는 소수 정예의 특별반을 만들어 그 학생들에게 아낌없는 투자를 했다. 외부 강사 초청 수업을 하고, 장학금을 주었다. 그러자 대학 진학률이 높아졌고, 그 인원만큼의 공부를 하겠다는 아이들은 매년 지원했다.

"그래서 그 선배가 앙심을 품고 이런 일을 벌였다는 거야?"

"가능성은 있다는 거죠."

"이미 정학 3일을 받아서 학생기록부에 남았는데, 이런 일을 벌인 게 밝혀지면 어떻게 될 줄 알고?"

"아, 그러네요."

재준은 노트 위 김세원 이름에 가위표를 쳤다.

"그럼 누굴까요?"

"네가 탐정이냐? 얼른 기사나 써. 배고프다."

선빈의 핀잔에 재준은 다시 귀에 이어폰을 꽂고 녹취한 인터뷰를 컴퓨터로 옮겨 썼다. 작가의 말이 빨라서 앞으로 돌려 몇 번을 다시 들어야 했다.

A4 한 장짜리 녹취록을 정리하는 데만 한 시간이 넘게 걸렸다. 재준은 인터뷰 폴더에 저장된 사진을 클릭했다. 작가와의 인터뷰 장면을 찍은 사진을 기사와 함께 싣는 게 좋겠다는 생각이었다. 폴더에는 그날 찍은 사진이 몇 장 더 있었다. 사진을 넘겨 보던 재준은 고개를 갸우뚱했다.

"어? 없네. 없어요, 형!"

재준의 말에 선빈이 별 반응을 보이지 않았다.

"없다니까요!"

재준이 큰 소리로 다시 말하자, 마지못해 선빈은 "뭐가?" 하고 되물었다.

"아까 매점에 온 그 선배 말이에요. 작가와의 만남 왔다고 하지 않았어요? 근데 없어요."

단체 사진에 지우가 없었다.

"그날 끝나고 다 같이 찍었잖아요."

사진에 없는 건 사진을 찍은 선빈뿐이어야 한다. 그런데 작가와의 만남에 왔다던 지우도 사진에 없었다.

"아까 그 누나, 진짜 우리 학교 학생 맞을까요?"

"뭐 가끔 안 찍는 애들도 있으니까."

선빈은 모니터에 얼굴을 들이대고 자세히 사진을 살펴봤다. 학교에서는 행사를 할 때마다 무슨 증거가 그리 필요한지 사진을 찍어 댔다. 아이들이 찍고 싶어 하지 않으니, 가끔 사진 찍힌 아이들에게만 출석을 인정한다는 협박 아닌 협박을 하는 선생님들도 있다.

"봐 봐. 윤석이도 없잖아."

"아, 그러네."

그날 신문부에서는 총 세 명이 갔다. 선빈과 재준, 그리고 윤석. 윤석은 단체 사진 찍는 걸 극도로 싫어한다. 윤석은 사진을 찍는 칠판 앞으로 가는 척하면서 빠진 게 분명하다.

선빈은 재준에게 별거 아닌데 신경 쓰지 말라고 했지만, 지우가 이상하긴 했다. 화요일에 도서관에 오긴 온 걸까? 작가와의 만남 행사에 참여한 아이들은 많지도 않다. 스무 명이 조금 넘었다. 그 아이들 중 한 명이었으면 분명 기억이 날 텐데. 그 아이는 현진고 학생이 맞긴 한 걸까?

선빈이 재준에게 물었다.

"도서관에도 컴퓨터 있지? 그거 학생들이 로그인할 수 있나?"

도서관 컴퓨터도 학교 서버를 사용한다. 새벽에 로그인을 한 컴퓨터가 혹시 도서관에 있는 것일까?

"도서부 애들은 비번 아는 것 같더라고요. 근데 그건 왜요?"

"아니, 그냥."

선빈은 자리에서 일어나며 말했다.

"기사는 다 쓴 거지? 뭐 먹으러 가자."

재준도 저장 버튼을 누른 후 선빈을 따라서 의자에서 일어났다. 재준은 더 궁금한 게 있었지만, 궁금증은 배고픔을 이기지 못했다.

오후 2시

인터넷 검색어 순위에 더 이상 현진고는 없다.

아인이 교무실 책상에 앉아 인터넷을 하고 있는데, 주리가 아인을 불렀다.

"김아인, 전화 받아."

아인은 의자에서 일어나 주리가 앉아 있는 책상으로 갔다.

"내 전화야? 누군데?"

주리는 입 모양으로 "너희 엄마."라고 말했다. 아인은 주리에게 전화를 건네받았다.

"아인아. 잘 있는 거지? 네 핸드폰이 꺼져 있어서."

"충전기가 없어서 그래. 걱정 마, 엄마. 나 잘 있어."

"밥은 먹었어? 배 안 고파?"

"매점에 먹을 거 많아. 근데 주리 핸드폰 번호는 어떻게 알았어?"

"담임 선생님한테 물어봤지. 미치겠다, 진짜. 계속 조사 중이래. 언제까지 그렇게 있어야 하는 거야."

엄마의 초조함이 전화기를 통해 다 전해졌다. 엄마는 학교 앞에 설치된 상황실에 대해 알려 주었다. 선생님들과 학부모들이 모여 있다고 했다. 아인은 엄마를 안심시키기 위해 걱정 말라는 말을 하고 또 했다.

"내 걱정 말고 엄마나 밥 잘 챙겨 먹어."

"지금 내 밥이 중요하니? 엄마도 계속 경찰한테 말하고 있어."

엄마는 전화를 끊으려고 하지 않았다. 아인은 주리 눈치가 보였다. 주리와 함께 있을 때 엄마에게 전화가 오면 아인은 되도록 짧게 통화하고 끊었다. 주리의 부모님이 초등학생 때 이혼하셨고, 주리는 엄마와 연락이 완전히 끊겼다고 했다. 그걸 알고 난 후 아인은 주리 앞에서 엄마와 관련된 이야기를 하지 않으려고 노력했다.

아인은 엄마에게 그만 끊자고 말했다.

"친구한테 전화기 빌려서 전화 좀 해 줘. 엄마 걱정돼 죽겠어."

"알았어. 걱정 마."

아인은 주리에게 전화를 건넸다.

"여기 네 핸드폰."

주리는 아인을 바라보지 않은 채 핸드폰을 받아 곧바로 책상 위에 올려놓고는 계속 마우스를 움직였다.

아무래도 엄마와 수시로 연락을 주고받아야 할 듯하다. 그래야 엄마가 덜 불안해할 거다. 아인은 아이폰 충전기를 찾기 위해 교무실 책상을 돌아다니며 위아래를 살폈다.

원래 엄마는 아인에게 자주 전화를 하거나 학교 이야기를 묻지 않았다. 엄마는 회사 일 때문에 바빴으니까. 아인이 기억하는 엄마는 언제나 바쁜 사람이었다. 그렇기에 다른 엄마들도 다 그런 줄 알았다.

초등학교 1학년 때 아인의 담임은 동화 속에 나오는 마녀였다. 학교 규칙과 예절을 모르는 1학년들에게 더 엄해야 한다며, 아이들을 무섭게 대했다. 숙제를 해 오지 않거나 준비물을 챙겨 오지 않으면, 교탁 앞으로 불러냈다. 그 아이를 직접 혼내기보다 다른 아이들에게 "이렇게 하면 절대 안 된다. 준비물을 잊고 오면 되니, 안 되니?"라며 친구들을 통해 당사자를 벌했다. 아인은 그게 너무나 싫었다. 아인은 12월생이었고, 그때는 키도 작고 행동도 느렸다. 글자를 배우지 않고 학교에 갔다. 아인의 부모가 교육에 관심이 없었다기보다, 한글을 일찍 깨우치면 아이의 상상력이 저해된다는 주장을 하는 교육학자들이 있었다. 그래서 아인의 부모는 따로 한글을 가르치지 않았다. 그런데 아인의 반에서 한글을 모르는 아이는 아인과 또 다른 애 한 명, 이렇게 두 명밖에 없었다. 아인은 담임이 무서웠고, 그렇기에 담임 앞에만 서면 더 주눅이 들었다. 담임이 책을 읽어 보라고 시키면 더듬었고, 수학 문제를 풀라고 하면 긴장해서 아는 것도 틀렸다. 그럴 때마다 담임은 아인을 매섭게 노려보며 "저 멍청이."라고 말했다.

"멍청한 게.", "어휴, 답답이.", "어쩜 저리 멍청하냐."

멍청과 답답은 다양하게 변주되어 아인의 귀에 쏙쏙 박혔다. 담임은 종종 아인의 손목을 세게 쥐었다 놓았다. 멍이 들었지만 엄마에게 보여 주지 않았다. 레이저 쏘듯 아인을 째려보는 일은 다반사였다. 초등학교 1학년 때를 생각하면 깜깜한 동굴 속에 갇혀 있는 기분이다. 아직도 마녀와 얼굴이 닮거나 목소리가 비슷한 사람을 보면 몸이 반사적으로 쪼그라든다.

마녀와 함께한 건 1년이지만, 오래도록 마녀는 아인을 괴롭혔다. 친구들이 아인과 놀아 주지 않거나 부모님이나 선생님이 화를 낼 때면, 으레 '다 내가 멍청하기 때문이야.'라고 생각했다. 아인은 상대의 눈치를 자주 봤다. '내가 이런 말을 하면 기분 나쁘지 않을까? 내가 이렇게 해도 될까? 나를 멍청하다고 생각하는 건 아닐까?' 한동안 아인은 멍청의 저주에 빠져 살았다.

그러다가 6학년 담임 선생님을 만나며 조금씩 바뀌기 시작했다. 유시화 선생님은 별거 아닌 것으로도 아인을 칭찬했다.

"아인이는 참 글씨를 잘 쓰는구나.", "아인이는 마음이 넓어.", "아인이는 어쩜 이렇게 정리를 잘하니?"

아인은 처음으로 생각했다.

'어쩌면 나는 멍청한 아이가 아닐 수도 있어.'

그 이후로 조금씩 자신감이 생겼다. 그렇기에 6학년 겨울 방학 때 가족 여행에 가서 엄마에게 처음으로 초등학교 1학년 때 마녀 이야기를 했다. 지난 일이기에, 이제 아인은 그 마녀의 저주에서 벗어났기에. "엄마. 근데 나 1학년 때 담임 되게 이상했다." 하고 말을 꺼냈다. 그런데 아인의 말을 다 듣고 난 엄마는 부들부들 떨었다.

"엄만……. 그냥 믿었어. 그래야 하는 줄 알았어."

엄마는 아인의 1학년 때 담임을 좋게 기억했다. 아인에게 자주 "선생님, 너무 좋으시다. 인상도 좋으시고. 엄만 너무 마음이 놓여."라고 말했다.

"미안해, 아인아. 엄만 몰랐어."

여행지에서 아인은 일찍 잠이 들었다. 새벽에 깨어 화장실에 가려고 나왔는데, 엄마와 아빠가 대화 중이었다. 엄마는 아빠에게 마녀 이야기를 하며 주먹으로 쿵쿵 가슴을 쳤다.

"다 나 때문이야. 내가 좋다고 하니까, 아인이가 말 못 했을 거야."

아인은 엄마가 그러는 걸 아주 여러 번 봤다. 마녀가 상처 준 건 아인만이 아니었다.

오후 3시

한아는 옥상 문을 열었다. 처음 이 학교에 전학을 왔을 때, 옥상 문이 열리는 것을 보고 적잖이 놀랐다. 당연히 잠겨 있을 줄 알았다. 그런 일이 있었는데도 문을 열어 두다니. 다들 잊은 걸까. 아니면 다시는 그런 일이 생기지 않을 거라 방심하는 걸까.

— 은영아, 더 이상은 못 버티겠어.

어느 날 엄마 핸드폰을 봤는데, 이모가 보낸 문자가 있었다. 한아는 못 본 척했고 엄마에게 묻지 않았다.

이모 내외는 D시에서 큰 갈빗집을 운영했다. 이모부의 아버지가 하던 식당으로 역사가 50년도 넘었다. 이모네 갈빗집은 손님이 항상 많았다. 종업원들은 기계적으로 손님들에게 불판과 고기를 가져다주었고, 손님들 역시 기계적으로 재빠르게 고기를 먹은 후 나갔다. 그 자리를 치우면 또 다른 손님들이 들어와 고기를 먹고 나갔다. 그곳은 식당이라기보다 마치 공장 같았다. 매뉴얼에 맞추어 모두가 척척 제 일을 했다. 고기는 아주 맛있었다. 하지만 진주 언니는 먹지 않았다. 이모는 진주 언니가 고기를 먹지 않아 기운이 없고, 얼굴이 하얀 거라고 타박했다.

"언니는 왜 이 맛있는 걸 안 먹어?"

한아는 손가락에 묻은 갈비양념을 쪽쪽 빨아 먹으며 물었다. 진주 언니는 같이 식당에 와도 다른 반찬만 먹었다.

"난 채식주의자야."

열 살의 한아는 처음 들어 보는 단어였다.

74

"그게 뭔데?"

"고기를 먹지 않는 사람이라는 뜻이야."

"왜 안 먹는데?"

"나 한 명이라도 덜 먹으면 동물이 덜 희생될 거야."

그때 한아는 진주 언니가 조금 멋지다고 생각했다. 진주를 따라 고기를 먹지 않을까 싶었지만 맛있는 고기를 포기할 수 없었다. 대신 고기를 먹으면서 '미안해.'라고 속으로 말했다.

갈빗집은 잘되었고, 한아네가 돈이 필요할 때 이모가 종종 빌려줬다.

"언니한테 또 부탁해야 해? 아직 지난번에 빌린 돈 갚지도 못했잖아."

엄마가 아빠에게 말하는 걸 한아는 자주 들었다. 이모네 집엔 한 달에 한 번 정도 놀러 갔다. 이모 내외는 식당에 있어서 진주 언니와 진오 둘만 있을 때가 많았다. 엄마는 냉장고를 열어 만들어 온 밑반찬 통을 넣었다. 그리고 청소를 했다. 옆에 서 있던 진주 언니가 "이모, 안 해도 돼요. 아줌마가 할 거예요."라고 해도 엄마는 "남은 제대로 안 해 줘."라며 쓸고 닦고 또 닦았다. 엄마는 다른 이모네 집에 가면 전혀 일을 안 했다. 하지만 진주 언니네 집은 자기 집보다 더 열심히 청소했다. 엄마가 왜 그러는지 한아는 알 수 없었다.

한아는 초등학교 5학년 때 엄마의 마음을 이해하게 되었다. 교실에서 뛰어놀다가 한아는 선생님이 아끼는 꽃병을 깨트렸다. 한아는 담임 선생님을 많이 좋아했고, 선생님도 한아를 예뻐했다. 선생님에게 어떻게 말을 해야 하나, 선생님을 실망시키고 싶지 않은데. 한아는 눈물이 나는 걸 간신히 꾹꾹 참았다.

"이거 누가 그랬니?"

담임이 들어와 깨진 꽃병을 두고 물었다. 한아가 제가요,라고 말을 하려는데, 현지가 "제가 그랬어요. 제가 한아를 밀었거든요." 하고 나섰다. 완전히 틀린 말은 아니었다. 현지가 한아를 밀긴 했다. 하지만 그러고 나서 한아가 교실을 몇 바퀴 더 돌고 난 후, 손으로 꽃병을 넘어뜨려 깨트렸다. 꽃병이 깨진 것과 현지가 한아를 민 것은 상관이 없다.

"또 너야? 너는 왜 그렇게 조심성이 없니? 앞으로 주의해. 알았지?"

선생님은 빗자루를 가져와 꽃병을 치웠다.

수업이 모두 끝난 후 한아는 현지를 기다렸다.

"아까 담임한테 왜 그렇게 말했어? 그거 네가 그런 거 아니잖아."

"너 아까 얼굴이 하얗게 질려서 얼마나 바들바들 떨었는지 알아? 보는 내가 다 쓰러질 거 같더라. 나는 자주 혼나서 한 번쯤 더 혼나도 괜찮아."

현지는 준비물도 자주 잊어버리고, 숙제도 잘 안 해 오고, 덜렁거려 담임한테 자주 혼났다.

"그래도 나 때문에 네가 혼났잖아."

"괜찮아. 내가 가진 것을 나눴을 뿐이야."

현지가 빙그레 웃으며 말했다. 그 이후로 한아는 현지가 괜찮다고 해도 용돈 받은 거로 떡볶이를 사 주거나, 준비물을 두 개씩 챙겨 가 나누어 주었다. 현지가 먼저 요구한 적은 단한 번도 없었다. 하지만 그러고 나면 한아는 마음의 빚을 조금이나마 갚는 기분이 들었다. 아마 엄마도 이모에게 그런 마음을 갖고 있었겠지.

진주 언니의 일이 있고 난 후, 이모 내외는 계속 식당을 운영했다. 하지만 이모는 올해 초 둘째 이모가 있는 캐나다로 가겠다고 했다. 그동안 둘째 이모가 계속 오라고 했다. 진오 교육을 위해서도 캐나다가 더 나을 수 있다고, 둘째 이모가 계속 설득했다. 하지만 이모는 식당은 어떡하느냐며 주저했다.

이모는 점점 더 말라 갔고, 약을 먹어도 잠을 자지 못했다. 환경이 바뀌면 나아질 수 있겠다 싶어 결국 가족 모두가 캐나다행을 택했다. 한아 아빠의 회사가 구조조정에 들어가면서 아빠가 그 대상자가 되었고, 당분간 한아의 부모가 이모 내외를 대신해 식당을 맡기로 했다. 그래서 한아네는 D시로 이사를 오게 되었다. 이모가 집을 팔지 않고 가기로 해서, 한아네가 그 집에서 살기로 했다. 그러다 보니 한아는 자연스레 현진고로 배정받았다. 엄마와 아빠는 한아에게 괜찮겠냐고 물어보지 않았다. 엄마가 지나가며 "왜 하필 현진고야." 하고 한마디 했다.

한아는 진주 언니와는 그다지 친하지 않았다. 이모 집에 갈 때 만나는 게 전부였다. 사는 지역도 다르고, 나이도 네 살이나 차이가 났다. 한아는 오히려 캐나다에 사는 둘째 이모의 딸인 수빈과 동갑이라 더 친하고 자주 연락했다. 진주 언니는 한아 생일이면 축하 메시지와 함께 케이크나 아이스크림 쿠폰을 보내 주었다. 한아는 진주 언니 생일을 챙기지 못한 적이 많았다.

"한아야, 잘 지내지? 난 잘 지내. 너도 잘 지내길 바랄게."

진주 언니에게 몇 번 이런 메시지가 왔다. 진주 언니는 하나도 잘 지내지 않고 있으면서 잘 지내고 있다고, 잘 지내야 한다고 했다. 그때 한아가 "언니, 무슨 일 있어?" 하고 물어봤다면 어땠을까. 그러면 진주 언니는 그렇게 떠나지 않았을까. 수빈에게 이 이야길 하면, 수빈은 진주 언니가 불쌍하긴 하지만 이모와 진오가 잘 지내야 한다는 말을 했다. 남은 자들이 잘 지내야 한다며 말이다. 수빈이 그렇게 말하면 정이 다 떨어진다. 수빈의 말이 틀린 건 아니지만, 그러면 진주 언니가 너무 불쌍하니까.

한아는 난간에 기대어 진주 언니를 생각했다.

'진주 언니는 무슨 생각을 했을까. 무서웠을까. 두려웠을까. 슬펐을까. 아팠을까.'

진주 언니의 마음이 조금도 가늠이 되지 않는다.

나쁘다. 다들 너무나 나쁘다. 그들은 미안하다 사과하지 않았다. 유감,이라고만 했다.

"나는 당신들을 용서하지 않아. 당신들을 괴롭힐 거야. 힘들게 할 거야."

한아는 또박또박 그 말을 내뱉었다. 진주 언니가 이 말을 듣고 있으면 좋겠다.

오후 4시

한영주는 핸드폰을 골똘히 바라보고 있다.

— 영주야, 소식 들었어. 괜찮은 거지?

세 시간 전에 도착한 메시지다. 아직 답은 하지 않았다. 번호를 지웠지만 이 열한 자리 숫자의 주인을 안다. 현진고에 갇힌 전 기간제 교사가 한영주라는 걸 진호도 알게 되었나 보다.

영주는 난 괜찮,까지 썼다가 지웠다. 진호는 왜 이런 문자를 보낸 걸까. 헤어진 지 6개월이나 지났는데. 답을 하지 않으면 진호는 걱정할까? 또다시 영주는 괜찮아,라고 짧게 썼지만 전송 버튼을 누르지 않았다. 이제 와 무슨 상관이람.

진호와는 7년을 만났다. 영주는 대학교 3학년 때 학교 도서관 아르바이트를 하면서 진호를 처음 알게 되었다. 영주는 도서관 아르바이트를 좋아했다. 교내 아르바이트는 공강 시간을 활용할 수 있고, 아르바이트비를 떼일 리 없다. 간혹 아르바이트비를 제때 주지 않거나, 덜 주는 사장들이 있다. 영주는 휴학과 복학을 반복해 2년 늦어 3학년이었고, 진호는 군대에 다녀와 갓 복학한 상황이었다. 둘은 학번과 학기도 같았다.

"왜 그렇게 바빠요?"

진호는 영주 옆을 따라 걸으며 물었다. 한영주는 근무 시간이 끝나면 곧바로 짐을 챙겨 도서관을 빠져나왔다. 다음 아르바이트를 하러 가기 위해서다. 도서관 근무는 일주일에 최대 12시간만 할 수 있다.

"알바 아까 끝나지 않았어요?"

진호는 영주의 앞 시간에 일을 했다.

"그쪽 기다렸어요."

"왜요?"

영주는 카페 아르바이트 시간에 늦지 않기 위해 서둘러 걸었고, 진호도 속도를 맞췄다.

"그냥 궁금해서요."

아주 잠깐 영주는 걷는 속도가 느려질 뻔했다.

"내가요?"

"몇 시에 끝나요? 기다릴게요."

저녁 8시에 영주의 일이 끝났다. 그동안 진호는 2층에서 기다리고 있었다. 저녁으로 같이 김밥을 먹었다. 이제 또 어디를 가느냐고 진호가 물었고, 영주는 도서관으로 간다고 대답했다. 또 일하러 가느냐고 묻기에, 이번엔 공부를 하러 간다고 했다.

"와, 되게 바쁘다."

영주는 "그런가." 하고 혼잣말을 했다. 이제까지 계속 그렇게 살았기에 딱히 바쁜 삶을 산다고 생각해 본 적이 없었다.

"나도 도서관 가서 공부해야겠어요."

진호가 영주를 따라나섰다. 그리고 도서관 문 닫는 11시가 되면 집까지 영주를 데려다주었다. 매일 그 일과를 반복했다.

쉼표 없이 계속 이어지는 문장들을 읽고 있으면 힘이 든다. 하지만 영주는 쉼표 찍을 여유가 없었고, 계속 이어지고 이어지는 힘겨운 문장들이 영주의 삶이었다. 영주에게 진호는 쉼표였다. 잠시 쉬어 갈 수 있는 곳. 영주가 최악의 상황을 가정한다면, 진호는 그러지 않았다.

"괜찮아, 영주야."

"괜찮을 거야, 영주야."

"잘 될 거야, 영주야."

시험에 떨어지거나, 정규직 채용이 나지 않아 걱정하면, 진호는 늘 그 말을 했다. 영주는 20년, 30년 후가 걱정되었다. 그때도 지금처럼 계속 계약직으로만 머무를 수는 없다. 50대의 계약직 교사를 본 적이 없다. 영주가 무섭다고 할 때, 진호는 말했다.

"영주야, 20년 후의 미래는 20년 후의 네가 걱정할 몫이야. 너는 그냥 지금만 생각해. 네가 과거의 너를 걱정하지 않는 것처럼, 너는 먼 미래까지 걱정할 필요 없어."

진호는 참 속 편한 사람이었다.

어느 날 영주는 진호에게 "넌 참 좋은 사람이야."라고 말했다. 진호는 잘 모르겠다고 말했다. 그러면서 나쁜 사람만 되지 않으면 된다고 덧붙였다. 살면서 영주가 좋은 사람이라고 느낀 사람은 많지 않았다. 진호는 사람들에게 친절했다. 인사도 잘하고, 잘 웃고, 누가 도움을 요청하면 알겠다고 했다. 영주는 그러지 못했다. 친절할 수 있는 건, 친절을 받아 본 사람만이 가능하다.

돌이켜 보면 진호와 데이트다운 데이트를 해 본 적이 별로 없다. 대학 졸업을 하기 전까지 그렇게 자투리 시간을 이용해 만났고, 그 이후에도 비슷했다. 둘 다 취업을 준비했으니까. 진호의 집안 사정도 영주와 크게 다를 게 없었다. 졸업을 한 후에는 학자금 대출에 갇혔다. 둘은 주로 도서관에서 만났다. 진호는 공기업 입사를 준비했고, 작년 봄에 합격을 했다. 하지만 영주는 계속 수험생 신분이었다. 영주는 기간제 교사로 학교에 근무하긴 했지만 매년 임용고시를 봤다. 진호는 취업을 한 이후부터 주말에는 도서관에 나오지 않았다. 몇 번 영주를 만나러 오다가, 회사 일이 피곤하다며 거르기 시작했다.

"우리 둘 중 한 사람이 취업을 하면 결혼을 하자."

공부할 때 진호는 종종 이 말을 했다. 하지만 진호는 회사에 들어간 이후 결혼 이야기를 꺼내지 않았다. 연락하는 횟수도, 만나는 횟수도 점점 줄어들었다. 싸운 것도 아닌데 일주일 내내 전화 통화 한 번 하지 않은 적도 있다. 영주는 여전히 너무 바빠 둘의 관계가 끝나 가고 있다는 것을 알지 못했다.

어느 날 진호가 연락도 없이 밤늦게 집 앞으로 찾아왔다.

"좋은 사람이 되는 건 쉬운 일이 아니야. 가진 게 없으면 좋은 사람이 되는 게 어렵거든. 세상이 나한테 주는 게 없는데, 다 뺏어 가는데, 옆 사람에게만 주는데 어떻게 좋은 사람이 될 수가 있겠어? 그래도 난, 난 나쁜 사람만큼은 되고 싶지 않았어. 미안해, 영주야."

영주는 진호가 무슨 말을 하려는지 알았다.

"우리, 헤어지자, 영주야."

진호는 한 마디 한 마디 끊어 가며 어렵게 그 말을 했다. 드디어 올 게 왔구나, 싶었다. 최악의 상황을 생각하는 영주에게 있어 진호와의 헤어짐은 예상한 결과 중 하나였다. 진호는 자주 영주를 위로했지만, 정작 영주가 듣고 싶은 말은 해 주지 않았다. 영주가 먼 미래를 걱정할 때, "내가 있잖아."라는 말은 해 주지 않았다.

'그래, 너는 없었어. 불안한 내 미래에 너는 함께 있어 주지 않았다고. 안녕, 잘 가렴.'

진호에게 온 메시지를 지웠다. 답을 보내는 게 무슨 소용이 있을까. 영주에게 진호는 지워진 사람이다.

핸드폰을 책상 위에 내려놓는데, 한영주 앞에 거대한 그림자가 생겼다. 고개를 들어 보니 주리가 서 있었다.

"쌤, 전화 좀 해 봐요."

"어디에?"

"참 나. 어디긴요. 당연히 경찰이죠."

주리 목소리에 신경질이 가득하다. 한영주는 가만히 주리를 바라보았다. 누군 신경질 부릴 줄 몰라서 안 부리는 건가.

"빨리 해 봐요. 도대체 언제까지 여기 있어요. 벌써 4시 넘었다고요."

경찰과 마지막 통화를 한 건 한 시간 전이었다. 그때 경찰은 SNS에 글을 올린 범인을 추적하는 중이라고 했다.

한영주는 일부러 주리 보라는 듯 핸드폰을 꺼내 액정을 탁탁 소리 내어 눌렀다. 통화 연결음만 울릴 뿐 상대는 전화를 받지 않았다. 주리는 팔짱을 낀 채 서서 한영주를 내려다보고 있다. 한영주는 마치 감시당하는 기분이 들었다.

"여보세요."

이 경사가 전화를 받았다.

"아직인가요?"

"잠시만요."

이 경사가 옆에 있는 사람에게 묻는 소리가 들렸다.

"IP 추적 결과 나왔어?"

이 경사가 아닌 다른 목소리가 "홍콩이라고만 나와요. 그냥 무시하면 안 돼요? 장난 같은데." 하고 말했다. 그러자 이 경사는 "그러다가 사고라도 나면 누가 책임질 건데?"라며 화를 냈다. 이 경사가 다시 전화를 받았다.

"선생님, 저희가 SNS 본사에 요청은 해 놨어요. 근데 이게 본사가 미국인데, 걔네가 개인정보라서 절대로 알려 줄 수 없다고 나와서요. 사생활보다 안전이 우선 아닌가?"

이 경사는 질문을 하는 건지 그냥 말을 하는 건지 헷갈리게 말을 했다. 한영주는 이런 말투를 싫어한다. 대화를 하는 중에 묻는 것도 아니면서 '아닌가?', '그렇지 않나?'라고 의문형으로 자신의 생각을 우회적으로 말하는 사람들이 있다.

"하여튼 지금 계속 저희가 요청하고 있으니까 조금만 기다려 보세요. 우리도……."

"그게 아니고요."

한영주가 이 경사의 말을 끊었다. 한영주가 물으려고 한 건 그게 아니다.

"학교에 테러 감식반은 왔냐고요."

"아. 지금 출발한대요."

"아직도 안 왔다뇨? 여기 갇힌 게 언젠데요?"

한영주는 주리에게 차마 쏟아 내지 못한 신경질을 이 경사에게 내뱉었다.

"지금 부산에서 G20 진행 중이잖아요. 세계 정상들이 모여서 회의한다고 전문가들이 다들 거기 가 있어요. 전 세계가 지켜보고 있잖아요. 유명한 사람들도 엄청 많이 왔고. 거기 문제 생기면 더 큰일이지 않나?"

또 그런다. 묻는 것도 아니면서 묻는 척 자기 생각 말하기.

"진짜 나도 미치겠어요. 조금만 기다려 봐요."

"그럼 여기 더 있어야 한다는 거예요?"

한영주가 버럭 소리를 질렀고, 교무실에 있던 아이들이 한영주를 쳐다보았다. '더'라는 단어에 아이들이 웅성거렸다.

"이제 출발해요, 출발해."

"그 사람들 안전만 중요한가 보네요."

기운 빠진 한영주가 작은 목소리로 말해서 그런지, 이 경사는 알아듣지 못한 채 "네?"라고 되물었다. 한영주는 다시 그 말을 하지 않았다. 그러면 스스로가 그 사실을 다시 한번 인정해야 하니까.

"경사님, 부탁드릴게요. 얼른 저희 좀 나갈 수 있게 해 주세요."

결국 한영주는 애원하다시피 말하고는 전화를 끊었다.

"뭐래요?"

전화를 끊자마자 주리가 물었다.

"계속 있으래요? 아, 말도 안 돼. 진짜 너무하네."

주리의 종알거림을 듣고 있자니, 한영주는 머리가 터질 것만 같다. 적당히 좀 해라. 영혼이 줄줄 새고 있는 기분이다. 저 아이와는 정말 맞지 않는다. 하고 싶은 말을 가리지 않고 다 할 뿐만 아니라, 얼굴에 기분이 다 드러난다. 같은 반이었다면 좀 짜증 났을 거다. 교사가 되어 아이들을 봤을 때, 그게 더 잘 보였다. '쟤랑은 안 맞았을 거야.', '쟤랑은 잘 지낼 수 있을 거 같은데.', '만약 내가 열여덟 살이라면' 하는 생각을 종종 했다. 뭐 그때나 지금이나 답답한 건 마찬가지겠지. 열여덟 살에도 한영주는 자주 인상을 찡그리고, 지겹다는 생각을 했다.

한영주는 계속 불만을 토로하는 주리를 둔 채 도망치듯 교무실 문을 열고 나왔다.

'그래, 이곳은 항상 싫었어. 기약 없는 계약직 생활도 불안하고, 명령만 해 대는 위 교사들도 짜증 나고, 건방지고 앵앵거리는 학생들도 보기 싫었지. 다 지긋지긋해. 그래서 떠났잖아. 그런데 왜 난 여기에 있어야 하는 거야.'

한영주가 도착한 곳은 학교 옥상이다.

"아아!!!"

한껏 소리를 지르고 나니 가슴을 턱, 하니 막고 있던 무언가가 조금 풀어지는 듯하다.

천천히 심호흡을 하면서 옆으로 고개를 돌렸는데, 난간 아래 누군가 앉아 있다.

한아다.

한영주는 다시 교무실로 돌아갈까 하다가 한아에게 말을

걸었다.

"여기 자주 오니?"

한영주는 한아에게 다가가 그 옆에 조금 떨어져 앉았다.

"아뇨."

"아, 맞다. 전학생이라고 했지?"

"네."

어제오늘 한아는 다른 아이들과 어울리지 않고 교무실에서 줄곧 홀로 있었다.

"선생님은 여기 자주 오세요?"

"아, 난 가끔."

학교에 있을 때 답답하면 이곳으로 왔다. 하지만 소리를 지른 건 처음이다. 혹여 누가 볼까 봐 차마 그럴 수 없었다.

"참, 나 이 학교 교사 아니야. 뉴스 봤지? 전 교사라고 나오잖아. 지난달에 그만뒀어."

"아아."

"넌 언제 전학 왔니?"

"2주 됐어요."

"내가 나간 다음에 왔구나. 뭐 그랬어도 나는 2학년 담당이었으니까."

"선생님은 이 학교 계신 지 얼마나 되셨어요?"

"난 3년 전부터 있었어."

"사촌 언니가 이 학교 다녔었어요."

"그래? 사촌 언니는 졸업했어?"

"3년 전에 2학년이었어요."

"그렇구나. 그럼 나한테는 안 배웠겠다. 난 계속 1학년 가르치다가 올해 2학년 잠깐 맡았거든."

"아아."

한아는 아아, 하고 고개를 끄덕이며 낮게 읊조리는 게 습관인 듯했다.

"나는 교실 안에 아이들이 다닥다닥 모여 있는 게 답답했어. 가끔은 끔찍할 때도 있었고. 좁은 공간에 전혀 다른 아이들을 모아 놓고 다 친해지라니. 말도 안 되잖아. 그런데, 가끔은 그 공간이 고마울 때가 있어. 사회 나와 보니 별별 이상한 사람이 다 있더라고. 학교 다닐 때 만났던 이상한 애들이랑 비슷해. 학교에서 이미 겪었기에 받아들이는 게 조금 나았을지도 몰라."

한영주는 혼잣말을 하듯 중얼거렸다. 왜 잘 알지도 못하는 아이 앞에서 이런 말이 나오는 걸까. 한영주가 가르쳤던 학생이 아니라서 그런가.

"근데요."

"응?"

"어쩌면 그 이상한 사람이 선생님이었을 수도 있잖아요."

"아, 그러네."

"기분 나쁘셨다면 죄송해요. 선생님 기분 나쁘라고 하는 소리는 아녜요. 그냥, 그럴 수 있으니까요."

"알아. 기분 안 나빠."

한영주는 억지로 미소를 지었다. 한영주는 표정이 없다는 이야기뿐 아니라, 어둡다는 말도 많이 들었다. 진호는 웃음이 많았다. 영주가 "진호야, 넌 참 밝다."라고 이야기하면, 진호는 영주 앞에서 유달리 더 그런다고 했다. 진호가 그렇게 자주 웃었던 건 어쩌면 영주 맞은편에 서 있었기 때문이었을까.

두 명이 굴뚝에 들어갔다 나온다. 한 명은 얼굴에 전혀 그을음이 묻지 않았고, 또 다른 한 명은 얼굴이 새카맣다. 그때 얼굴을 닦는 사람은 얼굴에 아무것도 묻지 않은 이다. 상대 얼굴을 보고 나도 저렇겠거니 싶어 닦는 거다. 정작 새카만 사람은 맞은편 깨끗한 얼굴의 사람을 보고 자신도 깨끗하다고 여겨 닦지 않는다. 진호는 영주를 보며, 나도 저렇게 웃지 않는 건가 싶어 더 웃었던 걸까. 내가 힘든 모습만 보여서 진호를 더 힘들게 만들었던 건 아닐까. 지웠다고 생각한 진호는 왜 여전히 흔적이 남아서 영주를 괴롭게 하는 걸까.

"저도 학교 안 좋아해요. 학교 좋아하는 학생이 어디 있겠어요. 그런데 선생님들도 그렇구나. 아아, 몰랐어요."

한아가 옥상 바닥을 바라보며 말했다.

한영주는 학생들이 적어 내는 장래희망을 보며 혼자 코웃음을 칠 때가 많았다. 교사가 1위다.

'니들은 교사를 존중하지 않으면서, 학교를 끔찍하게 여기

면서 어찌 교사를 꿈꾸니.'

뭐 한영주도 그랬다. 교사가 되고자 했던 건 직업에 대한 사명감이 아닌, 연금이 나오고 정년이 보장되는 정규직이기 때문이었다. 그런데 교사라고 다 같은 교사가 아니었다. 한영주는 1년씩 계약을 하는, 언제 잘릴지 모르는 기간제였다. 한영주가 꿈꾼 건 기간제 교사가 아니었다.

7교시의 끝을 알리는 종소리가 멀리서 들려왔지만 한영주도, 한아도 움직이지 않았다.

지금 이곳은 학교지만 시간표대로 움직이고 있지 않다. 학교 종은 아무 힘이 없다. 모두가 학교에서 무시간의 시간을 보내고 있는 중이다.

오후 7시

아침, 점심에 이어 저녁도 학교 매점에서 먹었다.

아이들의 닦달에 한영주는 경찰에게 연락했다. 아이들은 부모와 한영주에게 번갈아 가며 상황을 해결해 내라고 졸랐다.

"곧 테러 감식반이 도착할 거예요. 조사해서 아무 이상 없으면 바로 학교 문을 열 수 있으니까 좀 기다려요."

또다시 그들은 조금만 더 기다리라는 말을 했다. 주인이 묶어 놓은 개가 된 것 같았다. 한 번만 더 기다리라는 말을 들으면 물어 버릴지도 모른다.

"근데 한 선생님, 어제 학교에는 왜 가신 거예요?"

"택배 물건 찾으러 왔다니까요. 어제도 말했잖아요."

"무슨 물건이라고 했죠?"

"화장품이요. 지금 그게 중요해요?

별 소득 없이 한영주는 전화를 끊었다.

"뭐래요?"

한영주를 둘러싼 아이들이 물었다.

"기다리래."

한영주는 경찰에게 들은 말을 그대로 전달했다. 뭐래요? 기다리래. 이 두 마디는 한영주와 아이들이 오늘 가장 많이 주고받은 말이었다. 연극 대사 연습을 하는 사람들처럼 계속 같은 걸 묻고, 같은 대답을 했다.

어제와 다르게 긴장감이 많이 사라졌다. 어젯밤에는 정말 큰일이라도 날까 싶어 겁을 먹었다. 하지만 언제 두려워했나 싶을 정도로 그 마음이 줄어들었다. 이 공간이 익숙한 곳이기 때문일까. 학교는 너무나 가까운 일상의 공간이다. 오늘 아침까지만 하더라도 화장실에 갈 때 아이들은 한영주에게 허락을 받았지만, 어느새 다들 자율적으로 움직였다. 한영주도 아이들을 제지하지 않았다. 아이들은 별일이 다 있다며, 반 친구들과 'ㅋㅋ'을 써 가며 메시지까지 주고받았다.

— 그런 애 없는데.

　수민에게 온 메시지를 보고, 주리는 비스듬히 기대어 앉았던 몸을 똑바로 세웠다. 주리가 아까 보냈던 메시지에 대한 답이 이제 왔다. 순간 온몸에 오돌토돌하게 소름이 돋았다. 없는 애라고?

　주리는 고개를 돌려 지우를 찾았다. 지우는 소파에 앉아 있다. 역시 저 아이는 귀신이었나? 혼자 도서관에서 밤을 새운 것도 말이 안 되고, 2년 동안 같은 학교에 다니면서 얼굴 한 번 본 적 없을 리가 없다. 이를 어쩌지. 한영주에게 말을 해야 하나? 지금 우리가 귀신과 같이 있다고? 저 귀신이 여기 있는 사람을 한 명씩 해칠까? 주리는 자신이 몇 번째 희생자가 될지 두려웠다. 주리가 핸드폰을 손에 든 채 부들부들 떨고 있는데, 다시 수민에게 메시지가 왔다.

— 크크. 이주리, 쫄았지? 걔 우리 반이야.

"아, 뭐야." 하고 주리는 머릿속으로 생각한 걸 그대로 소리 내어 말했다.

— 놀랐잖아!!!

주리는 혹시나 걱정이 되어, 진짜 같은 반이냐고 메시지를 보냈다. 그러자, "조용하고 말 없는 애잖아." 하고 답이 왔다.

— 오늘 뭐 했어? 학교 안 와서 좋겠다.
— 그냥 그렇지 뭐. 너 언제까지 거기 있냐?
— 몰라, 나도.

갑작스러운 휴교에 다른 아이들은 어떻게 지내고 있을지 주리는 궁금했다. 수민은 낮에는 집에 있다가 지금은 학원에 가는 길이라고 했다. 학교는 쉬어도 학원은 가야 한다. 주리가 잘 다녀오라고 메시지를 보냈더니, 수민은 토하는 이모티콘을 보내왔다.

주리가 핸드폰으로 게임을 하고 있는데, 아인네 엄마에게 또 전화가 왔다. 주리는 액정에 뜬 번호를 보고는 받지 않고 그대로 아인에게 건넸다. 주리는 칫솔과 치약을 챙겨 들고 교무실 문을 열고 나왔다.

아무래도 아인에게 그 말을 하지 말 걸 그랬나.

작년 9월, 갑자기 태풍이 온다고 난리가 났다. 이제까지 한반도에 없었던 초강력 태풍이라며, 주의를 단단히 해야 한다고 했다. 점심시간부터 아이들끼리 내일 휴교를 하느니 마느니 말이 돌았다.

"설마. 그깟 태풍이 뭐라고. 학교가 미쳤냐, 안 그래도 우리 공부 안 한다고 맨날 뭐라 하잖아."

"지금 공부가 중요해? 너 미국 허리케인 안 봤냐?"

"당연히 못 봤지. 미국 가 본 적도 없다."

"나도 없어. TV 같은 데서 안 봤어?"

"그런 거 CG 아냐?"

"바보냐? 뉴스에서 CG를 보여 주게?"

"그러네."

몇몇 아이들이 쉬는 시간마다 인터넷으로 검색을 하며, 야! 인천은 내일 휴교래! 전라도도 휴교래! 하며 신빙성 있는 소식을 전했다. 선거 개표 때 이기는 지역을 전하는 것처럼 급박하고 긴장되었다. 아이들은 그래도 우린 절대 안 할걸?이라고 말했지만, 내심 기대했다. 그리고 종례 시간, 담임은 당선 확정에 못지않은 기분 좋은 소식을 전했다.

"내일 학교 휴교한다. 태풍 온다고 하니까 꼼짝 말고 집에서 공부해."

태풍의 피해보다 휴교라는 선물에 아이들은 마음이 더 설렜다. 이렇게 휴교를 하면 방학이 하루 짧아진다는 말을 하며, 결국 조삼모사라고 산통을 깨는 아이도 있었지만, 그 말에 귀 기울이는 아이들은 많지 않았다. 어쨌든 학교가 쉰다, 학교에 안 간다, 학교가 문을 닫는다, 야호!

다음 날, 새벽에 바람이 조금 불긴 했지만 잠잠했다. 태풍이 방향을 꺾어 한반도를 피해 갔다고 뉴스에서 보도했다. 이른 아침부터 아이들은 불안했다. 이러다가 휴교가 취소되는 건 아닌지, 학교에 가야 하는 건지 아닌지 다들 핸드폰을 붙들고 있었다. 아이들 몇이 담임에게 전화를 걸어, 오늘 휴교가 맞는 지 물었다.

─ 휴교 맞다.

담임의 확인을 받은 아이들이 단톡방에 알려 주었다.

아싸, 진짜 쉰다!

몇몇 아이들은 PC방 자리를 중딩들에게 뺏기는 게 아니냐 며, 서둘러 학교 대신 PC방으로 향했다.

주리는 주말도 아닌데 학교에 가지 않고 집에 혼자 있으려 니 심심했다. 주리는 아인과 채현에게 '날씨도 괜찮은데 만나 서 놀까?'라고 메시지를 보냈다. 채현은 과외 보강을 해야 한 다며 안 된다고 했고, 아인은 좋다고 했다. 채현이 안 된다고 해서 조금 서운했다.

결국 주리와 아인 둘이 만났다. 이른 점심으로 피자를 먹고, 영화를 보고, 쇼핑몰을 돌아다녔다. 한참을 놀았는데도 4시밖 에 되지 않았다.

"우리 노래방 갈래?"

"좋아."

아인은 뭘 하자고 하면 싫다고 하는 법이 없다. 이래서 채현이가 뭔가를 할 때 주리가 아닌 아인에게 먼저 물었나 보다. 주리와 채현은 같은 중학교를 나왔고, 중2 때 같은 반이었기에 주리는 아인보다는 채현과 더 친했다. 그런데 채현은 주리보다 아인을 더 좋아하는 것 같았다. 셋은 무척 애매한 숫자다. 둘이 짝이 되어야 할 때, 하나가 소외될 수밖에 없으니까. 원래 주리 그룹에 세나가 있었다. 하지만 여름 방학 직전 이사를 가면서 네 명이었던 그룹이 세 명이 되어 버렸다. 한 학기 동안 다들 나름의 그룹을 만들어 지내고 있기에 새로운 아이가 들어올 수는 없다. 가끔 그룹을 찾지 못해 혼자 지내는 아이가 있긴 하지만, 검증 없이 어설프게 받아들일 수는 없다. 위험성이 큰 멤버 영입보다는 안전한 현상 유지가 낫다. 그렇게 주리네는 삼각형이 되어 지냈다.

주리와 아인이 단둘이 있은 적은 처음이다. 주리는 그런 하루가 꽤 괜찮았다. 그래서 주리는 저도 모르게 말을 해 버렸다.

"우리 엄마, 아빠. 이혼했다."

노래방에서 나와 주리는 아인 팔에 팔짱을 끼고 걷는 중이었다. 아인이 잠깐 멈칫하는 게 느껴졌지만, 주리는 그냥 계속 걸었다. 주리의 엄마와 아빠는 초등학교 5학년 때부터 떨어져 살았고, 중학교 1학년 때 결국 이혼을 했다. 별거 기간이 길었기에, 주리는 언젠가 그렇게 될 줄 알았다. 부모가 이혼한 집이 꽤 많지만, 주리는 친구들에게 부모의 이혼을 말한 적이 없다. 딱히 친구들도 물어본 적이 없었다. 주리도 다른 집 부모는 이혼을 했는지 같이 사는지 모른다. 부모가 이혼한 게 창피한 적은 없다. 그렇다고 여기저기 말하고 다닐 필요도 없기에, 굳이 말하지 않았을 뿐이다. 그날은 비가 내린 후라 공기가 맑았고, 초가을이라 적당히 날씨가 쌀쌀했다. 그래서 아인에게 툭, 하고 말했다. 비밀을 공유한다는 건, 나에게 더 가까이 와도 좋다는 신호다.

하지만 그 이후로 아인이 조금 이상했다. 어쩌다가 엄마 이야기가 나오면, 괜히 주리의 눈치를 봤다. 채현이 "아, 엄마가 성적 떨어졌다고 자꾸 뭐라고 해. 누군 떨어지고 싶어서 떨어졌냐? 엄마 때문에 짜증 나 죽겠어."라고 말하면, 아인은 "어제 TV 그거 봤어?"라며 생뚱맞게 화제를 아예 다른 곳으로 돌렸다. 그런 일이 반복되었고 주리는 아인에게 그러지 말라고 말을 할까 하다가 그만두었다. 자격지심 있어서 그런다고 아인이 오해할 수도 있으니까. 지금도 아인의 태도가 짜증 난다. 아인의 핸드폰 배터리가 없어, 아인 엄마는 주리에게 전화를 했다. 아인은 그 전화를 받으면서 쓸데없이 주리의 눈치를 봤다. 주리는 아인의 엄마가 '수시로' 전화를 하는 게 불편했다. 그런데 아인은 자기 '엄마가' 전화를 해서 주리가 불편해한다고 제멋대로 오해하고 있다.

양치를 한 후 주리는 화장실에서 나왔다. 복도를 걷고 있는데 맞은편에서 선빈이 걸어오고 있었다. 선빈 손에 양치 컵이 들린 걸 보니 선빈도 화장실에 가는 길인가 보다. 주리는 돌아갈 수도 없고 해서 그냥 계속 앞을 향해 걸었다. 주리는 선빈과 점점 가까워졌다.

"걱정하지 마. 아무 일 없을 거야."

주리와 마주친 선빈이 말했다.

"누가 뭐래?"

주리는 말을 내뱉는 순간 후회했다. 무시해야 하는데. 여느 때와 다를 것 없이 못 본 척해야 하는데.

"그래도 되도록 혼자 다니지 말고. 교무실 안에 다른 아이들이랑 같이 있어."

또 착한 척. 지겹다, 정말.

주리는 선빈을 지나쳐 가던 길을 계속 걸었다. 교무실 앞에 다다라 주리는 고개를 돌렸다. 선빈은 화장실로 들어갔는지 보이지 않았다.

"재수 없어, 정말."

주리는 혼잣말을 내뱉었다. 하고 많은 아이들 중 왜 하필 선빈과 같이 갇힌 걸까.

작년에 신문부 활동을 하면서 선빈을 알게 되었다. 선빈은 첫인상처럼 무척 깔끔했다. 교복의 넥타이를 흐트러지게 맨 적이 한 번도 없고, 와이셔츠는 늘 빳빳하게 다려져 있다. 외모뿐만 아니라 성격도 그랬다. 어디서나 볼 수 있는, 어딜 가

나 반장을 해야 하는 아이가 바로 선빈이다. 선빈은 매사에 성실했다. 신문부는 한 학년에 일곱 명밖에 되지 않았기에 다들 친했다.

어느 날, 동아리실에 주리와 선빈 둘만 남았다.

"그날 눈이 내렸대."

뜬금없이 선빈이 그 말을 했다. 곧바로 주리는 "무슨 날?"이라고 되물었다.

"네가 태어난 날."

선빈은 파일북 한 권을 주리에게 건네주었다. 첫 장을 넘겨 보니 16년 전 주리가 태어난 날 기사가 스크랩되어 있었다. 주리의 생일은 4월 13일이다. 주리가 태어난 날, 남쪽은 벚꽃이 필 정도로 따뜻했지만 서울은 이상 기온으로 눈이 내렸다. 주리는 당연히 기억하지 못했지만, 어렸을 때 엄마가 들려줬다. 엄마는 《백설공주》를 읽어 주며, 주리가 눈이 내리는 날 태어났다고 했다.

"봄인데?"

"응. 봄인데 눈이 왔었어."

"에이, 거짓말."

"진짜야."

파일북의 다음 장을 넘겼다. 주리의 두 살 생일날의 기사였다. 국회의원 선거 다음 날이었는지, 선거 결과에 관한 내용이었다. 계속 매년 주리의 생일날의 기사가 이어졌다. 파일북의 마지막 장은 그해 신문이었다. 주리는 왜 이걸 선빈이 자신에게 준 건지 궁금했다.

"신문부원들에게 모두 이런 선물을 해 줘?"

"당연히 아니지."

"그럼 이건 뭐야?"

"주리야, 내년 네 생일엔 내가 축하해 주고 싶어. 내년에는 너랑 나랑 같이 찍은 사진을 넣을 수 있을까?"

선빈은 그 말을 연습하고 또 연습한 듯했다. 마치 국어책을 읽는 것 같은 억양에 주리는 아마추어 연극을 보는 것 같았다. 주리는 웃음이 터져 나오는 걸 꾹꾹 참았다.

"사귀자는 말이야?"

"응."

"그 말을 왜 이렇게 어렵게 해?"

그렇게 선빈과 사귀게 되었다. 만나 보니 선빈은 주리가 생각한 것보다 더 성실한 아이였다. 가끔 이 애는 AI가 아닐까 싶을 정도로 데이트에도 성실하게 임했다. 데이트 장소를 잡는 것도 알아서 척척 했고, 약속에 늦는 일도 없었다. 손을 잡기 전에는 "손잡아도 돼?"라고 꼭 물었고, 첫 키스 때도 그랬다.

"너 학교 지각한 적 한 번도 없지?"

"응."

"숙제 빼먹은 적은?"

"내 기억엔 없는 것 같아."

"아, 재미없어."

선빈은 모범생 중의 모범생이었다. 하지만 그런 선빈이 좋았다. 주리는 자신과 다르게 평정심을 유지하는 선빈의 성격도 좋았고, 예측 가능한 선빈의 태도도 마음에 들었다.

그런데 올해 4월 초, 갑자기 선빈이 헤어지자고 했다. 너무나 갑작스러웠다. 헤어짐의 전조도 없었다. 선빈은 일방적으로 헤어지자고 했다. 아니, 주리에게 친절하게 물었다.

"우리 헤어지는 게 어떨까?"

영화관에서 나와 카페에서 캐러멜라테를 먹는 중이었다. 마치 케이크 하나 먹을래?라고 묻듯 헤어짐을 물었다. 차라리 헤어져,라고 본인 생각을 말하지, 선빈은 굳이 주리의 동의를 얻어 내고 싶어 했다. 주리는 "응."이나 "아니." 대신 "왜?"라고 물었다. 선빈은 "그러고 싶어."라고 밑도 끝도 없는 이유를 말했다. 혹시 장난인가 싶었지만, 선빈은 진지했다. 주리는 너무 어이가 없어 그대로 일어나서 카페에서 나왔다. 그다음 날 학교에서 선빈을 만났다. 선빈은 또다시 주리에게 동의를 구했다.

"우리 헤어지는 거지? 그렇게 할 거지?"

이미 선빈은 홀로 결정을 내렸다. 그러면서 주리의 대답을 듣고 싶어 했다.

"야, 우리가 혼인 신고서라도 썼어? 그냥 헤어져. 됐어?"

그렇게 주리는 선빈과 헤어졌다. 선빈과 마주치고 싶지 않아 더 이상 신문부에 나가지 않았다. 선빈은 아무렇지 않게 주리를 대할 것 같았고, 그게 꼴 보기 싫었다. 주리는 아직도 모르겠다. 선빈이 왜 헤어지자고 했는지 말이다. 헤어지기 전 날까지 왜 그렇게 친절하고 다정하게 주리를 대했는지 몇 번 이고 선빈에게 묻고 싶었다. 왜 나한테 그랬느냐고. 헤어질 거 면서 왜 잘해 줬냐고. 도대체 왜 내가 싫어졌냐고. 하지만 묻지 않았다.

주리의 열여덟 생일날, 선빈은 함께하지 않았다.

오후 9시

테러 감식반이 학교에 도착했지만, 갑자기 쏟아지는 비에 수색이 늦어졌다. 비가 오면 제대로 감지하기 어렵기에, 비가 그치면 수색을 바로 시작할 거라고 이동일 경사가 알려 왔다. 오늘 밤도 교무실에서 지내야 할 듯하다.

아인이 교무실 컴퓨터로 인터넷을 하고 있는데 주리가 스 윽 옆으로 다가왔다. 당황한 아인은 얼른 창 닫기를 눌렀다. 다행히 주리는 아무것도 보지 못했다.

"야, 이것 봐."

"이게 뭔데?"

주리가 핸드폰을 내밀기에 또 엄마에게 전화가 왔나 싶었 는데, 화면에 무슨 영상이 나오고 있었다. 맨 아래 '현진고 실제 상황'이라고 적혀 있는데, 화면은 고정 상태다. 한 장면만 계속 찍고 있다. 그러다가 갑자기 소리가 나왔다.

"아직도 우리는 갇혀 있습니다. 계속, 계속, 갇혀 있습니다."

화면에 사람은 보이지 않는다. 배경을 보니 교실 같기도 하고 아닌 것 같기도 하다.

"이게 뭐야?"

"위진성 같지 않아?"

화면을 자세히 보니 교장실 안이었다.

"지금 위진성이 유튜브에 올리고 있는 거야?"

주리가 그런 것 같다며 고개를 끄덕였다.

"유튜브 검색하다가 우연히 봤어."

"선생님한테 말해야 하는 거 아냐?"

한영주는 교무실에 없었다.

"됐어. 뭐 몇 명 보는 거 같지도 않고. 그냥 웃겨서 너 보여 준 거야. 쟤 교장실에 있으니까 차라리 다행이지."

주리와 아인은 조금 더 영상을 보았지만, 계속 화면이 한 곳만 찍고 있고 진성도 별말을 하지 않아 재미없었다. 지금 이 영상을 보고 있는 사람도 몇 명 없다. 주리가 동영상을 끄는데 전화가 왔다. 저장되어 있지 않은 번호라 열한 자리 숫자가 화면에 떴다. 아인은 엄마 번호라는 걸 알았다. 주리는 아인 쪽으로 핸드폰을 쓱 민 후, 매트 쪽으로 갔다.

"엄마, 나 괜찮아. 이제 잘 거야."

아인은 전화를 받자마자 말했다.

"밥은? 먹었어?"

"응. 걱정 마. 나 졸려."

"그래. 그럼 얼른 자."

"엄마도 오늘은 집에 가서 자."

"됐어. 내가 잠이 오겠니. 엄마 걱정 말고 있어."

아인은 전화를 끊고 주리에게 갔다. 주리가 눈을 감고 누워 있다. 아인이 "잘 썼어." 하고 핸드폰을 주리 옆에 두었다. 주리는 아무 대꾸도 하지 않았다.

"주리야, 화장실 같이 안 갈래?"

"갔다 왔어."

주리가 눈을 감은 채 대답했다. 아인은 홀로 교무실 문을 열고 나왔다.

위진성에게 충전기를 빌려 볼까? 아이폰을 쓰는 진성은 충전기를 갖고 있는 게 분명하다. 그렇지 않고서야 핸드폰으로 유튜브 촬영까지 할 수 없다.

교장실 바깥으로 텔레비전 소리가 새어 나왔다. 아인이 교장실 문을 열고 들어가니, 진성은 소파에 떡하니 누워 텔레비전을 보고 있었다. 더 이상 촬영을 안 하는지 핸드폰이 탁자 위에 눕혀져 있다. 역시나 옆에 아이폰 충전기가 놓여 있다.

"너 아이폰 충전기 있었어?"

"응."

"아까 내가 물었을 땐 없다고 했잖아."

낮에 마주쳤을 때 아인이 혹시 충전기가 있느냐고 물었다.

"내 마음이지."

진성은 삐딱하게 누워 말도 삐딱하게 했다. 아인은 싸늘한 주리의 눈빛을 떠올렸다. 아래에서 올라오는 화를 한 번 꾹 누른 후 다시 부탁했다.

"충전 다 하면 나 좀 빌려줘. 나 배터리 다 나갔단 말이야."

아인은 주머니에서 핸드폰을 꺼내 들어 보이며 말했다.

"싫어. 안 빌려줄래."

"왜?"

"내가 왜 너한테 빌려줘야 하는데? 나 너 빌려주기 싫어."

아인은 몹시 기분이 상했다. 뭐 저런 애가 다 있을까.

텔레비전을 보고 있던 진성이 갑자기 고개를 돌려 아인을 보았다.

"김아인, 뭐냐. 그 표정은?"

아인은 무시하고 나가려다 진성이 얄미워 한마디 했다.

"너 주목받는 거 좋아하나 보다. 근데 어떡하나. 방송 되게 재미없던데."

진성이 기분 나빠할 줄 알았는데, 오히려 코웃음을 쳤다.

"네가 그렇게 말하면 내가 기분 나쁠 것 같냐? 안 나쁘거든."

'말을 섞은 내가 바보지.'

아인은 괜한 말을 했다 싶었다. 아인은 몸을 돌려 문 쪽으로 걸어갔다.

"하여튼 김아인 참 이중적이야."

"뭐?"

"착한 척하는 너보단 차라리 솔직한 내가 낫지."

아인이 문을 여는데 다시 진성이 말했다. 아인은 고개를 돌려 진성을 노려보았다.

"야, 그런 눈으로 보지 마. 너랑 나랑 다를 거 같지? 아니거든. 나는 혼자가 되길 택했고, 너는 기생하는 걸 택했을 뿐이야. 김아인, 착각하지 마. 너랑 나는 비슷하니까. 너는 왜 좋아하지도 않는 애한테 붙어 있냐? 없는 말은 왜 지어내고?"

아인이 대꾸하려고 하는데, 진성이 말을 계속 이었다.

"이제 다 그만해. 나 재미없어지려고 해."

진성이 기분 나쁘게 껄껄 웃었다. 아인은 문을 닫고 나왔다.

도대체 진성은 무엇을 알고 있는 걸까. 무엇을 본 걸까. 핸드폰을 들고 있는 아인의 손이 덜덜 떨렸다.

'설마, 다 알고 있는 걸까?'

아인은 교무실로 돌아가지 않고 복도에 가만히 서 있었다. 오늘도 밤이 길 것만 같다.

학교가 무너지고 있어

오전 3시

차라리 수련회에 갈 걸 그랬나. 밤도 아닌, 그렇다고 새벽도 아닌 어중간한 시간에 재준은 눈을 떴다. 창밖에는 후드득 빗소리가 요란했다.

잠을 청하려고 했지만, 매트 위가 불편해서 도저히 잠이 오지 않았다. 옆에 누운 선빈이 자주 뒤척였다. 진성 옆에서 자는 게 차라리 더 나았다. 진성은 움직이지 않고 잤다. 진성은 어제 교장실에 종일 있더니, 잠도 거기서 자겠다고 했다. 그래서 선빈이 재준 옆으로 와서 잤다. 바깥에서 자는 게 싫어 수련회에 가지 않은 건데, 더 불편한 상황에서 잠을 자야 하다니. 실은 이틀 동안 거의 자지 못했다.

잠들기 위해 양을 세는데, 570마리까지 왔다. 이러다가 양 1000마리를 교무실 안에 다 채우겠다.

'안 그래도 답답한 교무실에 너희들까지 있으라고 할 순 없어.'

재준은 양 세는 걸 멈췄고, 그 많던 양들이 싹 사라졌다.

결국 재준은 매트에서 일어났다.

여러 명이 내뱉은 숨으로 교무실 안 공기가 좋지 않았다. 창문이 모두 닫혀 있어서 더 심한 것 같다. 밤에 무섭다며 주리가 창문을 걸어 잠그고 자자고 했다. 재준은 조용히 문을 열고 바깥으로 나왔다.

복도 창문을 조금 열었는데 비가 들이쳤다. 어젯밤부터 내린 비가 그칠 생각을 안 한다. 하늘에 구멍이라도 났는지 엄청나게 비가 쏟아지고 있다. 비가 그쳐야 수색을 시작할 수 있다는데, 도대체 언제쯤 비가 그치려나.

창문을 도로 닫고 재준은 후, 하고 숨을 내쉬었다. 비가 와서 그런지 초여름임에도 불구하고 날이 쌀쌀했다. 그나저나 이 시간에 학교는 참 조용하구나. 빗소리밖에 들리지 않았다. 아마 평소에도 그랬을 거다. 아이들이 모두 가 버린 후에 학교는 밤 시간을 온전히 자기 것으로 보냈겠지.

지금쯤 친구들은 제주도의 푸른 밤, 아니 푸른 새벽을 보내고 있으려나. 그곳에도 비가 올까. 엊그제 1학년들은 제주도로 수련회를 갔고, 오늘 돌아온다. 학교에 이 사달이 벌어진 후 학부모들과 선생님들 사이에서 도중에 돌아와야 하느냐 마느냐 의견이 갈렸다. 그러다가 금방 일이 해결될 거라 예상 했고(물론 빗나갔다), 무엇보다 제주도 여행이 성수기라 당장 돌아오는 단체 표를 구하는 게 어려웠다. 그래서 결국 예정대 로 일정을 소화하기로 했다,고 현수의 SNS에서 읽었다. 핸드 폰이 꺼지기 전까지 친구들에게 "어쩌냐ㅋㅋ", "박재준 대박", "이게 뭔 일?" 하고 메시지가 왔다. 그러게, 이게 정말 무슨 일 인가. 문제는 수련회인가. 가든 안 가든 수련회와 연관되면 일 이 생기는 걸까.

재준의 처음이자 마지막 수련회는 초등학교 4학년 때다. 가 족과 떨어져 처음으로 바깥에서 잠을 잤기에 설레는 마음이 컸다.

아이들끼리만 모여서 그랬을까. 부산이라는 공간이 낯설어 서 그랬나. 재준의 방에 모인 여덟 명의 아이들은 다들 잠을 자지 못했다.

"우리 게임할래?"

이 말을 누가 했던가. A였나.

여덟 명의 아이가 둥그렇게 모여 앉았다. 아니다. 한 명이 빠졌지. 공부를 엄청 잘했던, 대학으로 영재교육을 받으러 다 니던 그 아이는 10시에는 무조건 자야 한다며, 10시 전부터 혼자 이불을 펴고 누웠지. 남은 일곱 명의 아이들이 베개 싸 움을 하고, 뛰어놀며 난리를 부려도 일어나지 않았다. 그 아이는 벽 끝에 바짝 붙어 혼자 잠을 잤다.

그렇게 일곱 명이 모여 앉았다. 3·6·9 게임을 하고, 007 게임도 했다. 틀리는 사람은 인디안 밥을 당했다. 재준은 자주 틀렸고, 그만큼 많이 맞았다. 등이 아팠지만 밤 12시가 다 되어 갈 때까지 놀 수 있는 게 좋았다.

"유령놀이 하자."

이 말은 B가 했던가.

"그게 뭔데?"

아마 C가 물었던 거 같다.

한 사람이 이불을 뒤집어쓰고 유령이 되어, 나머지 아이들을 잡는 게임이라고 했다.

"유령은 박재준이 해."

B가 재준을 가리키며 말했고, 재준은 왜 그래야 하느냐고 물었다.

"네가 제일 크잖아."

다른 아이들도 모두 그래야 한다고 했다. 재준은 술래가 되기 싫었지만, 일곱 명 중 여섯 명이 그러자고 하면 그래야만 한다. 아이들에게 다수결의 원칙은 만능해결 법칙이다. 5+3도 다수가 7이라고 하면 그때부터 7이 될 거다.

재준이 이불을 뒤집어썼다. 이불에서는 퀴퀴한 냄새가 났다. 빨래를 하지 않았다기보다 옷장에 오래 묵힌 냄새가 빠지지 않은 듯했다.

"야, 유령 흉내 내야지."

재준이 멀뚱하게 서 있자 누군가 말했다. 이건 D였을까. 재준은 시키는 대로 "나는 유령이다." 하며 움직이기 시작했다. 아이들의 도망치는 발걸음 소리가 귀에 들렸다. 그렇게 방 안을 휘적대고 있는데, "유령 잡자!" 하고 A가 소리쳤다. 누군가 재준을 밀쳤고, 그대로 재준은 넘어졌다. 아이들이 발로 재준을 밟기 시작했다. 너무 아팠다. 인디안 밥에 비할 바가 아니었다. 하지 말라고, 아프다고 소리쳤다. 하지만 아이들은 멈추지 않았다. 갑자기 "야, 그건 아니지." 하고 말리는 소리가 들렸다. 뒤이어 "하지 마.", "미쳤어?"라고 아이들이 말했다. 바깥에서 무슨 일이 벌어지고 있는 거지? 재준은 자신을 덮고 있던 이불을 걷어 내려고 했다. 하지만 "야, 이불 꽉 잡아." 하고 말했다. 이건 A다. 재준은 똑똑히 A의 목소리를 기억한다.

"유령을 잡으려면 제대로 잡아야지."

아악! 하고 재준은 소리를 질렀다. 무언가가 재준의 등을 세게 쳤다. 손이나 발길질은 아니었다. 무언가 계속 재준을 때렸다. 등과 팔, 엉덩이. 순간 머리를 맞으면 큰일 나겠다는 생각이 들었다. 엎드려 두 손으로 머리를 감싸 안았다.

'엄마, 나 어떡해. 살려 주세요. 제발 살려 주세요.'

너무 무서워 그만하라는 말도 나오지 않았다. 어두워. 너무 어두워. 그렇게 재준은 정신을 잃었다.

다시 깨어났을 때, 담임 선생님과 교감 선생님이 재준을 내려다보고 있었다.

"박재준, 정신이 들어?"

재준은 더 이상 이불을 뒤집어쓰고 있지 않다는 걸 깨닫고 조금 안도했다.

"무슨 장난을 그렇게 쳐?"

교감의 핀잔에 재준은 왜 자신이 혼나야 하는지 이해할 수 없었다.

"엄마한테 전화할래요."

재준은 가방에 넣어 둔 핸드폰을 꺼내고 싶었지만 몸을 움직일 수가 없었다. 간신히 고개를 돌려 주변을 살펴보는데, 여긴 아이들과 함께 있던 방이 아니었다. 그보다 방 크기가 훨씬 작았고, 재준은 침대 위에 누워 있었다. 한참 뒤 이곳이 선생님 숙소라는 걸 알았다.

재준은 엄마가 보고 싶다고 말했다. 담임에게 계속 몸이 아프다고, 특히 팔을 못 움직이겠다고 했지만 선생님들은 재준의 말을 듣는 둥 마는 둥 하며 계속 기다리라고만 했다. 그리고 담임과 교감뿐만 아니라, 옆 반 담임들까지 모였다.

다음 날 아침, 엄마와 아빠가 수련회 장소에 내려왔다. 침대에 누워 있는 재준을 보고 엄마는 까무러쳤다. 그때까지 재준은 자신에게 무슨 일이 일어났는지 알지 못했다. 아빠가 선생님들에게 당장 앰뷸런스를 부르라고 고래고래 소리를 질렀다. 아빠가 화를 내는 건 그때 처음 봤다. 아빠는 항상 허허 잘 웃고, 다른 사람에게 싫은 소리 한마디 못 하는 사람이다. 엄마는 그런 아빠에게 사람이 그렇게 무르면 안 된다고 자주 말했다.

119에서 나온 구급대원들이 재준을 들어 바퀴 달린 침대에 실었다. 그때 재준은 아프다고 소리를 질렀던가. 지르지 않았던가. 병원에 가서 엑스레이를 찍었던가. 찍었겠지. 그랬으니 팔목에 금이 간 걸 알아내고, 전치 12주 진단이 나왔겠지. 유령놀이가 시작되고 그 후 일주일의 시간은 드문드문 재준의 기억 속에 남아 있다. 학교에 가지 않았다. 아니, 못 갔다. 선생님과 학부모들이 재준의 집으로 찾아왔다. 미안하다, 했다. 합의를 해 달라, 했다. 합의금을 얼마를 원하느냐고, 물었다. 엄마는 계속 울었다. 재준은 어른들의 대화 속에서 자신이 야구방망이로 맞았다는 걸 알았다. 맞다. A는 야구선수가 되겠다며 야구방망이와 공을 항상 가지고 다녔다. 수련회에도 가져왔다. A가 야구를 엄청 좋아하는구나, 싶었지 그걸로 재준을 무지막지하게 때릴 줄은 몰랐다. 누가 알았겠는가. 아찔했다. 만약 팔목이 아니라 머리였다면.

"엄마, 그래도 머리 안 맞아서 얼마나 다행이야. 머리 맞을까 봐 내가 팔로 막았어."

엄마가 너무 속상해하는 것 같아, 딴에는 위로하려고 말을 건넸다. 하지만 그 말이 엄마를 더 속상하게 만들었다. 엄마는 울음을 끅끅 참으며, 무슨 일이 있었느냐고 물었다. 재준은 하나씩 기억을 떠올려 말했다.

114

"재준아, 네가 잘못한 게 아니야."

아빠는 이 말을 하고 또 했다. 재준은 그 말을 들을 때마다 알고 있다며 고개를 끄덕였다.

하지만 한동안 침대에 누워 지냈던 재준은 '왜'에 빠져 살았다. A는 왜 그랬을까. 친하지는 않았지만 그래도 같은 반 친구였다. 정말 재준을 유령이라고 생각했던 걸까. 혹시 재준이 했던 말을 마음에 담아 두었던 걸까. A는 키가 작은 편이었다. 재준은 급식에 나온 우유를 먹지 않는 A에게 "우유 많이 먹어야 키 큰대."라고 말한 적이 있었다. 그 말 때문이었을까. 그래서 언젠가 재준을 혼내 줘야겠다고 생각했던 건 아닐까. 도대체 A는 왜 그랬을까. 재준은 생각하고 또 생각했다.

재준보다 두 살 어린 여동생은 어느 날 침대에 누워 있던 재준에게 다가와 말했다.

"오빠, 나 밤마다 오빠 괴롭힌 걔네들을 칼로 조각조각 내는 상상을 해. 나는 그놈들을 저주해."

여동생이 이렇게 무서운 말을 하는 걸 처음 봤다. 그 사건으로 재준은 처음 경험하는 것들이 많았다. 아빠의 화내는 모습, 엄마의 오열하는 모습, 여동생의 무서운 말, 그리고 재준을 도와주지 않았던 학교.

재준을 때린 아이들은 처벌받지 않았다. 아이들은 '겨우' 11세, 만으로 하면 9세에 불과했다. 친구들끼리의 장난이라고 했다. 놀다 보면 그럴 수 있다고 했다. 팔이 부러진 건 재준이 넘어져서 다친 것일 수도 있다는, 재준을 진료하지도 않은 의사의 소견이 나왔다.

"일 커져 봐야 재준이한테도 좋은 게 없어요. 애들 고작 열한 살이에요. 너그럽게 생각해 주세요, 어머님. 좋은 게 좋은 거잖아요."

열한 살의 재준은 교감의 말을 이해할 수 없었다. 나는, 우리 엄마와 아빠는, 우리 가족은 하나도 안 좋은데, 뭐가 좋다는 거지? 자기들한테 좋은 게 결국 또 자기들한테만 좋다는 뜻이었다. 그 이후로 재준은 좋은 게 좋은 거라는 그 말을 제일 싫어한다.

결국 재준은 학교로 돌아가지 못하고 전학을 가게 되었다. 급하게 이사를 결정했고, 엄마는 운영하던 미술학원을 접었고, 아빠는 왕복 네 시간 거리의 회사를 다녔다. 재준은 묻지 못했다.

"아빠. 내 잘못이 아닌데, 왜 내가 전학 가야 해?"

아마 재준은 앞으로도 이 질문을 하지 못할 거다.

재준은 자신을 때린 아이들을 A와 B, C, D, E, F로 기억했다. 이름조차 기억하고 싶지 않으니까. 그렇게 그 아이들이 A, B, C, D, E, F가 되면 머나먼 일이 되어 버릴까 해서.

작년인가. SNS로 팔로우하지 않은 사람에게 DM이 왔다. '썬더'라는 아이디를 가진 아이는 소성초 다녔던 박재준이 맞느냐고 물었다. 재준은 맞다고 답을 보냈다.

— 미안해. 나 그날 깨어 있었는데, 무서워서 잠든 척했어. 잘 지내. 부디 그랬으면 좋겠다.

영재교육원에 다니던 그 아이가 분명했다. 썬더의 이름이 뭐였더라. 잊으려고 한 건 아닌데 그 아이의 이름까지 정말로 기억이 나지 않았다. 재준은 몇 번이고 답을 보낼까 하다가 보내지 않았다. 고맙다는 말도, 잘 지낼 테니 걱정 말라는 말도, 너도 잘 있으라는 말도 다 진심이 아니니까.

"안 자고 뭐 하냐?"

재준은 뒤에서 나는 목소리에 놀라 고개를 돌렸다. 진성이 서 있었다.

"형은요?"

재준은 진성의 호칭을 뭐라고 해야 하나 잠시 고민하다가 그냥 형이라고 했다. 보통 친하지 않은 위 학년의 사람은 '선배'로 통일해 부른다. 그런데 진성에게 선배,라는 말은 차마 나오지 않았다. 진성은 선배 같지 않으니까. 어찌 보면 선배보다 형이 더 친근하게 들릴지 모르겠지만, 형은 나이 많은 사람을 부르는 의미 없는 호칭일 뿐이다. 그런 이에게는 형으로 통일해 부르는 게 제일 속 편하다.

"화장실."

그 말을 하고 진성은 화장실을 향해 슬리퍼를 질질 끌며 걸어갔다. 재준은 계속 그 자리에 서서 창밖을 바라보았다.

"야, 들어가서 자."

화장실에 다녀오던 진성이 재준을 보고 말했다.

"잠이 안 와요."

진성은 재준을 지나쳐 가면서 한마디 툭 던졌다.

"그럼 따라와."

재준은 진성을 따라 교장실로 들어갔다. 탁자 위에는 컵라면과 과자 봉지가 널브러져 있다.

"여기서 이래도 돼요?"

"안 될 건 뭐야. 지금 우린 갇혀 있는데. 교무실에서 다닥다닥 붙어서 왜 그러고 있냐? 답답하게."

재준은 진성이 누운 소파 맞은편에 앉았다. 그러다가 진성을 따라 길게 누웠는데, 소파가 워낙 길어 다리도 펼 수 있었다.

"오늘은 나갈 수 있겠죠?"

재준은 허공을 향해, 어쩌면 진성에게 물었다.

"아니."

진성은 너무나 단호하게 대답했다.

"영원히 못 나가. 우린 저주받았거든."

"네?"

진성은 킬킬대고 웃었다. 농담인 것 같은데, 하나도 웃기지 않았다.

"나가면 뭐 할 건데? 어차피 학교 또 올 건데. 이렇게 있나 저렇게 있나 학교에 갇혀 있는 건 마찬가지라고."

"그렇긴 하네요."

"학교에서 먹고 자는 것도 나쁘지 않네. 좆같은 수업 안 하는 것도 좋고. 지들이 못 가르치면서 이해 못 한다고 지랄은 또 엄청 해."

"뭐예요. 스톡홀름 증후군도 아니고."

"그게 뭔데?"

"왜, 납치범을 좋아하는 거 있잖아요."

"아. 그거. 미쳤냐? 학교가 좋아질 리는 없어."

재준은 지금 대화를 나누는 진성이 너무나 평범하게 느껴졌다. 이렇게 멀쩡한 말도 할 줄 아는 사람이었나? 진성과 같은 학년이 아니지만, 전교에서 진성을 모르는 아이는 없다. 오죽하면 현진고의 숨은 교칙이 '위진성을 건드리지 말라.'라는 이야기가 있을 정도였다. 작년에 진성이 교실 안에서 뛰어놀다가 부딪친 아이에게 커터 칼을 들고 죽이겠다고 위협한 이야기는 재준이 다니는 중학교까지 들려왔다. 일진도 위진성은 건드리지 못한다. 한번은 일진이 진성의 어깨를 툭툭 치며 '적당히 해'라고 말했고, 진성은 곧바로 경찰에 신고했다. 경찰이 학교로 출동했다. 위진성 졸업 때까지만 버티는 게 목표인 교사도 있다.

"형은 왜 그래요?"

"뭐가?"

"꽤 괜찮아 보이는데. 밤에만 멀쩡해지나? 늑대인간이랑 반대로?"

"큭큭."

진성은 재준의 농담이 재밌다며 웃었다. 하지만 재준은 긴장을 완전히 풀진 않았다. 이러다가 갑자기 '이 놈을 콱 죽여버릴까.' 하고 달려들 수 있는 게 위진성이다.

"사람은 말이야. 씨. 좋은 사람, 나쁜 사람이 있는 게 아니야."

진성은 욕을 많이 하지만, 주로 씨발과 졸라, 이 두 개를 돌려썼다. 사실 진성의 욕은 빈약하기 짝이 없었다.

"그럼요?"

"나쁜 사람, 더 나쁜 사람 두 종류야. 나는 더 나쁜 사람이 되었을 뿐이야."

"형, 세상에 원한 있어요?"

"없는 사람도 있나?"

재준은 할 말이 없었다. 진성의 말은 틀린 것 같기도 하고, 아닌 것 같기도 했다.

"유튜브에 현진고 실제 상황 올린 거, 형이죠?"

"응. 근데 안 하려고. 다들 우리한테 관심이 없어."

재준은 동의한다는 듯 고개를 끄덕였다. 수요일 저녁 현진고는 단연 화제였다. 많은 사람들이 인터넷 포털 사이트에 상위 검색어로 뜬 현진고를 클릭했다. 현진고 홈페이지는 트래

픽 초과로 들어갈 수조차 없었다. 하지만 이틀이 지난 지금 현진고를 기억하는 사람은 몇 명이나 될까. 지금 학교 안에 갇혀서 나가지 못하는 아이들이 있다는 걸 알고 있는 사람은 현진고와 관련된 이들뿐일지도 모른다.

사람들이 관심을 가지는 시간은 딱 10분이다. 그 시간이 지나면 새로운 인물과 화제가 덮어 버린다. 인터넷을 하다가 '굴뚝농성 422일 만에 종료' 같은 뉴스를 보면 깜짝 놀란다. 재준은 그런 일이 있는지도 모르고 살았는데 이미 422일간 진행되었다니. 알아야 하는 것을 모른 채 살아가기도 하고, 몰라도 되는 것들을 알아야 할 때도 있다. 많은 것들이 쉽게 화제가 되고 쉽게 잊혀진다.

"씨. 이거 누구 한 명 죽어 나가야 되나. 다들 관심이 없어, 관심이."

"뭐 그렇긴 하지만, 형 방송이 재미가 없었어요."

재준이 솔직하게 말했다.

"봤냐?"

"조금요. 보다 재미없어서 껐어요."

"아, 씨. 그래서 그랬구나. 내가 그건 또 몰랐네."

진성이 씩 웃었다.

"근데 넌 하고 싶은 말 다 하고 사는 스타일인가 보다?"

"그것도 못 하고 살면 어떡해요. 말은 하려고요. 그러려고요."

"야, 겜이나 할래?"

진성이 제 핸드폰을 가리키며 물었고, 재준은 배터리가 없어서 안 된다고 했다.

"어? 형 아이폰이네요. 충전기 있어요?"

"응. 빌려줄게. 충전해."

"핸드폰 가져올게요."

재준은 신이 나서 일어났다. 학교에 갇혀 있는 것 못지않게 핸드폰이 정지 상태인 것도 불안했다.

다들 잠을 자고 있기에 재준은 조심스럽게 교무실 문을 열었다. 어두워서 잘 보이지 않았다. 가방을 어디에 뒀더라. 핸드폰 전원이 다 닳아 버려 아예 가방 안에 넣어 두었다. 벽 쪽에 처박아 둔 가방을 찾아 지퍼를 열고 핸드폰을 꺼냈다.

몸을 돌려 걸어가는데, 팔로 탁자 위에 놓인 스테이플러를 쳤다. 쿵 하고 스테이플러가 바닥에 떨어졌고, 그 소리에 선빈이 "아악!" 소리를 지르며 깼다. 몇몇 아이들이 선빈의 소리를 듣고 깼다. 잠결에 "뭐야." 하고 누군가 뭐라고 했다. 재준은 선빈 쪽으로 갔다. 선빈은 어느새 일어나 매트 위에 앉아 있었다.

"형, 괜찮아요?"

재준이 선빈의 등을 살짝 만졌는데, 선빈이 화들짝 놀라며 재준의 손을 쳐 냈다. 잠에서 깬 아이들이 짜증을 냈고, 재준은 선빈과 함께 교무실에서 나왔다.

"왜 그래요?"

"곰이…… 나타났어."

선빈의 눈에 초점이 없다.

"네? 곰이요? 형 꿈꿨어요?"

"아냐."

선빈은 그제야 정신을 차렸는지 눈을 깜박였다.

"비가, 오는구나."

선빈이 창밖을 보며 멍하니 말했다.

"형, 괜찮은 거죠?"

"응. 너 먼저 들어가. 나는 바람 좀 쐬고 갈게."

선빈은 창가 벽에 기대어 주저앉았다. 재준은 옆에 있을까 했지만 괜히 선빈에게 방해가 될 것 같았다. 재준은 선빈을 그대로 둔 채 교장실로 갔다.

오전 9시

아인은 조용히 교무실에서 나왔다. 더 이상 주리와 같이 있고 싶지 않았다.

복도로 나왔지만 달리 갈 곳이 없다. 4층 교실로 올라갔다. 2학년 3반 문을 열고 들어가, 아인은 4분단 자기 자리에 가서 앉았다. 교실 안에 혼자 있으니 이상하다. 그리고 여긴 주리가 찾아올 거다.

다시 교실을 나갔다. 아인은 5층까지 올라갔다가 1층으로 내려왔다. 갈 곳이 없기에 걷고 또 걸었다.

도서관에나 가 볼까. 어제 아침에 나타난 아이는 도서관에서 밤을 새웠다고 했다. 거긴 문이 열려 있겠지. 아인은 별관으로 갔다.

문을 밀었더니 밀린다. 도서관에는 정말 오랜만에 와 본다. 중학생 때까지만 하더라도 종종 도서관을 찾았다. 수업 시간 중에 독서 시간이 따로 있어 책을 빌려야 할 때가 많았다. 하지만 고등학교에 입학한 후 온 건 손에 꼽는다. 비가 와서 그런지 오래된 종이에서 나는 냄새가 났다.

어젯밤에 엄마에게 전화를 걸어, 앞으로 주리가 아닌 한아의 번호로 전화를 해 달라고 말했다. 한아를 잘 모르지만 부탁할 사람이 없었다. 재준은 잘 모르기도 했고 선빈과 친한 듯했다. 충전기도 안 빌려주는 진성이 핸드폰을 쓰라고 빌려줄 리도 없었다. 한영주는 왠지 어려웠다. 한아는 잠시 망설이는 듯했지만, 아인의 부탁을 들어줬다.

책상에 엎드렸지만 잠이 오진 않았다. 아인은 서가를 돌아다니며 혹시 볼 만한 것이 있나 찾았다.

많이 들어 본 제목이 있어서 책을 꺼내 보니, 아인이 알고 있는 만화다. 웹툰으로 연재할 때 중간까지 보다가 말았다. 완결이 된 건가? 총 8권까지 있어서 3권을 뺐다. 책장을 넘겨 훑

124

어보니 대충 기억이 났다. 처음부터 볼 필요는 없을 것 같아, 3권과 4권을 꺼냈다.

4권을 읽고 있는데 도서관 문이 열렸다. 혹시 주리인가 싶어 바라보니 아니었다. 어제 아침에 갑자기 나타난 아이다. 이름이…… 맞다! 지우다. 얼굴을 보니 생각났다.

"네 친구가 너 찾던데."

아인은 지우 말에 아무 대꾸도 하지 않을 수는 없어서, 대신 다른 질문을 했다.

"혹시 경찰에서 연락 왔어?"

"좀 더 기다리래. 비가 너무 많이 와서 테러 감식반이 계속 대기 중이래."

지우는 서가에서 책을 꺼내 창가 자리로 가서 앉았다. 아인은 지우를 바라보았다. 둘 사이에 책상이 세 줄이나 놓여 있지만, 대각선으로 마주 보는 위치다. 지우는 고개 한번 들지 않고 책을 보고 있다. 꽤 평온해 보인다. 교무실 안에서도 그랬다. 다들 짜증을 토로하거나 한영주에게 도대체 언제 나갈 수 있는 거냐고 묻고 또 묻는데, 지우는 그러지 않았다. 지우는 온종일 학교에 붙어사는, 원래 여기가 집인 유령처럼 편해 보였다.

"안 답답해?"

지우가 못 들었는지 대답을 하지 않았다. 그래서 아인은 다시 한번 큰 소리로 물었다.

"넌 안 답답해?"

"응?"

"지금 말이야."

"아, 별로. 평소였더라도 이 시간에 학교에 있을 거잖아. 문 닫혀 있는 것도 똑같고."

학교 정문과 후문은 8시 30분에 닫혀서 4시가 되어야 열린다. 아인은 평소에도 그게 못마땅했다.

"난 학교 문 잠그는 거 싫어. 외부인들로부터 우릴 보호하기 위해서라고 하지만, 정말 그럴까. 실은 우릴 가두기 위해 그런 게 아닌가 싶어."

아인의 말에 지우는 아무 대답도 하지 않았다. 그래도 아인은 또 지우에게 말을 걸었다.

"넌 학교 없애 버리고 싶은 적 없었어?"

"글쎄. 너는 있어?"

"응. 시험 기간에."

아인은 중학생 때는 시험을 앞두고 학교가 사라져 버리길 바라기도 했다. 하지만 소용없는 바람이다. 학교가 사라질 리도 없고, 만약 그렇다 하더라도 옆 학교로 전학을 가서 시험을 봐야 할 테니까. 학교는 없어져도 시험은 남을 거다.

"우리 오늘은 나갈 수 있겠지?"

"아마도?"

지우는 대답을 한 후 갑자기 웃음을 터트렸다. 아인은 당황했다. 웃긴 질문이 아닌데 왜 저러지.

"왜 웃어?"

"웃기잖아. 너나 나나 둘 다 모르는 건 마찬가지인데, 대답하는 내가 웃겨서."

아인은 "그렇긴 하네."라고 말하면서 같이 웃었다. 웃음소리가 잦아들 즈음 아인이 말했다.

"근데 더 웃긴 건 뭔 줄 알아?"

"뭔데?"

"나 걔 친구 아니야."

아인은 주어를 제대로 말했나 싶었다. 아인이 주리의 친구가 아닌 걸까. 주리가 아인의 친구가 아닌 걸까. 아니면 둘 다 아닌 걸까. 친구라면 그럴 수 없다.

"둘이 친해 보이던데."

"다들 그렇게 생각하더라고. 근데 아니야. 걔도 알걸? 난 아침이나 먹으러 가야겠다."

아인은 그 말을 한 후 도서관 문을 열고 나왔다.

복도를 걸으며, 아인은 어제 진성의 말을 떠올렸다. 진성은 아인의 SNS를 알고 있는 건가. 팔로워도 팔로잉도 모두 0이라 비공개나 다름없는데. 아인은 자신이라는 것을 드러내지 않은 채 종종 SNS에 글을 남겼다. 언젠가부터 주리 때문에 쓰는 일이 많아졌다. 친구라고 특정하거나 있었던 일을 구체적으로 쓴 적은 한 번도 없다. 140자 내외만 쓸 수 있기에 '왜 자꾸 나한테 짜증 내. 짜증 반사! 그러면 넌 짜증에 깔려 못 헤어 나올걸.', '그만 좀 해, 징징이! 어제도 징징징. 오늘도 징징징. 내일도 징징징. 징징이 정말 징징하게 싫다.'처럼 무슨 일인지, 누구 이야기인지 절대 알 수 없게 썼다. 그렇게라도 쓰고 나면 화가 좀 풀렸다. 아인에게는 SNS가 '임금님 귀는 당나귀 귀'라고 말할 수 있는 대나무 숲이었다.

그런데 없는 말을 지어내다니. 진성이 말하는 건 무얼까. 혹시 그 일인가.

올해 새 학기가 시작되고 얼마 지나지 않았을 때다. 주리가 생리통 때문에 배가 아프다며 보건실에 같이 가자고 했다. 보건 선생님이 안 계셨다. 주리는 허리가 끊어질 거 같다며 배를 움켜잡고 의자에 주저앉았다. 아인은 약상자에서 생리통약을 찾았다. 일지에 약, 반, 이름을 적어 두고 가면 되겠지. 주리에게 약과 물을 건넸다. 주리는 못 일어나겠다며 잠깐만 앉아 있겠다고 했다.

"난 말이야. 선빈이를 잘 모르겠어."

선빈에 관한 이야기를 먼저 꺼낸 건 주리다.

"가끔 선빈이가 섬뜩할 때가 있어."

"언제?"

"지난주에 같이 카페에 갔는데, 옆 테이블에 아이랑 엄마가 온 거야. 애가 장난감 사 달라고 떼쓰는데 엄청 시끄럽더라고. 내가 짜증 난다고 하니까, 선빈이는 애들이 다 그렇지 뭐,라고 하더라. 그런데 옆 테이블을 쳐다보는 표정은 그게 아니야."

"어떤데?"

"뭐라고 해야 할까. 눈빛으로 사람도 죽일 수 있을 것 같다고 해야 하나. 다들 선빈이만큼 착한 애 없다고 하는데. 선빈이가 착하긴 한데, 그냥 언젠가 선빈이가 그 눈빛으로 날 바라볼까 봐 무서워."

아인은 망설이다가 말을 했다.

"조심해. 걔 좀 무서워."

"왜? 맞다. 너 선빈이랑 같은 공부방 다녔다고 했지? 같은 팀이었어?"

"아니. 그건 아닌데."

"그럼? 왜 무섭다는 건데?"

그때 문이 열리면서 보건 선생님이 들어왔다. 선생님은 침대 쪽으로 가더니 커튼을 확 열었다.

"위진성. 이제 그만 교실로 돌아가지? 벌써 몇 시간째야?"

아인은 침대에 누가 있을 거라고는 생각하지 못했다. 아인과 주리는 수업 예비 종소리를 듣고 보건실에서 나왔다.

그 이후로 아인은 주리에게 선빈 이야기를 한 적이 없다. 얼마 지나지 않아 주리와 선빈이 헤어졌으니까. 주리가 선빈의 욕을 하면 가만히 듣기만 했다.

아인은 중학교 2학년 때 공부방에서 선빈을 처음 만났다. 아인은 수학 과목이 취약했고, 엄마가 유명한 과외 선생님을 알아 왔다. 공부방을 만들어 놓고 전문적으로 과외를 해 주는 곳이었다. 과외를 받을 때뿐만 아니라, 작게 독서실을 만들어 놔서 과외 받기 전후로 기다리며 공부를 할 수도 있었다. 공부방에서 친해진 아이들도 여럿 된다. 선빈은 공부방에 꽤 자주 왔다. 과외가 없는 날도 와서 공부를 하는 듯했다. 하루는 아인이 과외 선생님이 내 준 숙제를 하지 못하고 온 적이 있었다. 수업 전에 문제를 풀려고 하는데, 어려워서 도저히 풀 수가 없었다. 아인이 끙끙대고 있는데, 옆에 있던 선빈이 "도와줄까?" 하고 물었다. 선빈은 잘난 척을 하지 않았다. 오히려 아인이 기분 나빠할까 봐 조심스러워했다.

"우리 학교 진도가 빨라서 나는 지난번 수업 때 배웠거든."

선빈은 차근차근 문제풀이를 알려 주었다. 그 이후로 아인은 모르는 문제가 있으면 선빈에게 물었다. 아인의 수학 성적이 많이 올랐다. 아인은 고마운 마음에 선빈에게 줄 선물을 준비했다. 핸드폰 케이스였다. 그런데 선빈은 선물을 받지 않았다.

"날 좋아하지 마. 그럼 너도 죽일 거야."

착한 얼굴의 선빈이 그 말을 했다. 아인은 똑똑하게 기억한다. 선빈은 공부방을 그만두었고, 아인은 고등학교 입학 후 다시 선빈을 만났다.

지우는 뒤늦게 아인의 말을 하나씩 곱씹어 보았다. 아인이 아침을 먹으러 가겠다고 한 건 무슨 뜻이었을까? 같이 매점에 가자는 뜻이었을까, 아니면 그냥 대화의 종료를 알리는 거였나. 아인은 그 말을 한 후 곧바로 일어나지 않았다. 하지만 같이 가자고 명확하게 말하지 않았기에, 나도 같이 가,라는 말을 할 수 없었다.

지우는 뭐라고 대꾸를 해야 할지 몰라 가만히 있는 경우가 자주 있다. 그랬구나, 하고 고개를 끄덕여야 하는 걸까, 아니면 왜?라고 호기심을 표현해야 하는 건가. "야, 뭐라고 말 좀 해."라는 말을 지우는 자주 들었다.

아까 아인은 지우에게 "너 학교를 좋아하나 보다."라고 말했다. 이 말에도 제대로 대꾸하지 못했다. 그건 지우도 잘 모르겠으니까. 지우는 학교를 싫어하지 않는다. 학교가 답답하지도 않다. 그나마 학교에 있으면 2학년 1반 18번 서지우가 될 수 있다. 다른 아이들과 똑같은 교복을 입고, 똑같은 음식을 먹고, 한 공간에 머무를 때 지우는 안정감을 느낀다. 나중에 학교를 졸업하고 지우는 어디에도 소속되지 못할까 봐 두렵다.

예전에 TV 교양프로그램에 주민등록부에서 사라진 남자가 나왔다. 남자는 공무원 시험을 10년째 공부 중이었다. 그런데 어느 날 자신의 주민등록번호가 없는 번호라는 걸 알았고, 세상에서 남자는 처음부터 없는 사람이 되어 있었다. 동사무소에서는 어디에서 착오가 생긴 건지 모르겠다는 말만 했다. 남자는 자신의 존재를 증명하려고 여기저기 다녔다. '주민등록 번호가 사라진 남자'는 지우가 봤던 공포물 중 가장 무서운 이야기였다. 학교는 싫지 않다. 하지만 싫지 않은 게 좋은 건 아니다.

아인이 주리와 친구가 아니라고 말한 건 의외였다. 계속 둘이 붙어 다니기에 친한 줄 알았는데. 붙어 있다고 다 친구는 아닌 건가? 지우는 친한 친구가 없다. 같이 어울려 노는 아이들도 없다. 그래도 학교에 다니면서 왕따를 당한 적은 없다. 이걸 운이 좋다고 해야 할까. 학교에 다니다 보면 한 번쯤 왕따 주동자가 되거나, 왕따를 당하는 일이 생긴다. 학교에 다니는 내내 주동자만 할 수 있는 건 아니다.

초등학교 5학년 때, 지우의 반에 연서라는 아이가 있었다. 연서는 반장이었고, 아이들은 연서와 친해지고 싶어 했다. 무슨 일을 할 때마다 아이들은 연서에게 "어떻게 하면 좋을까?" 하고 물었다. 아이들은 담임보다 연서를 더 먼저 찾았다. 연서가 좋아하는 아이돌을 따라 좋아하고, 연서가 입는 옷을 비슷하게 입었다. 연서는 반의 중심이었다. 연서는 늘 자신감이 넘쳤다. 내가 예쁜 옷을 입은 게 아니라, 내가 입어서 예쁜 옷이 되는 거라고 여기는 아이였다. 연서가 좋아하는 걸 다 같이 따라 좋아할 뿐 아니라, 싫어하는 것도 마찬가지로 따라 했다. 난 레이스 달린 옷은 좀 별로야,라고 연서가 말하면 그 다음 날 레이스 달린 옷을 입고 오는 아이는 아무도 없었다.

재 좀 짜증 나지 않냐?라고 한 아이를 가리키며 말하면, 그 아이는 연서뿐만 아니라 누구에게나 짜증 나는 아이가 되어 버렸다. 아이들은 돌아가며 왕따가 되거나 그 비슷한 게 되었다. 그 기준은 연서가 정했다.

지우는 연서가 특별히 못됐다고 생각하지 않았다. 한 명의 적은 나머지 아이들을 결집시켜 주니까. 만약 연서가 아니었더라도, 누군가 연서의 역할을 했을 거다. 매년 반이 바뀔 때마다 새로운 연서가 나타났으니까. 그래도 연서는 계속 빛나는 연서일 줄 알았다. 지우는 연서와 다른 중학교에 입학했고, 고등학생이 되어 다시 연서를 만났다. 지우와 연서는 고1 때 같은 반이 되었다. 지우는 연서를 바로 알아보지 못했다. 이름만 같을 뿐 다른 사람인 줄 알았다. 분위기가 너무나 달랐으니까. 연서는 예전처럼 말이 많지 않았다. 누군가가 말하면 조용히 웃거나 맞장구만 쳤다. 연서를 둘러싼 빛은 사라졌다. 연서가 중학생 때 심각한 왕따를 당했다고 아이들이 말하는 걸 들었다.

그나저나 아까 아인이 주리 이야기를 할 때, 가만히 있으면 안 됐던 걸까? 아인은 사정을 말하려고 했는데, 지우가 너무 무반응으로 대한 걸까?

아, 모르겠다. 지우는 사람들과 대화할 때면 시험을 치르는 기분이 들었다. 어떻게 반응해야 맞는 건지 매번 상대는 문제를 내는데, 지우는 답을 못 했다. 이번 시험도 0점이다.

지우는 책상에 엎드려 하품을 했다. 졸리다. 아침은 항상 졸리다. 오전에는 거의 가수면 상태로 지낸다. 책을 읽거나 영화를 보다 보면 밤 12시가 훌쩍 넘어 있었다. 늦게 자는 게 습관이 되어 아침에 간신히 일어나 학교에 왔다. 그 덕분에 꿈꾸듯 학교생활을 했다. 혹시 지금 이 상황도 꿈이 아닐까. 그 생각을 하며 지우는 진짜 꿈속으로 갔다.

오전 10시

어제부터 내내 비가 내리고 있다. 비 때문에 폭탄 수색도 하지 못하고, 학교 앞에 설치된 상황실마저 새벽에 철거됐다.

동아리실에서 선빈은 신문 교정을 보고 있다. 하지만 집중이 되지 않았다. 한 시간 동안 한 장도 다 못 봤다.

원래 신문 교정은 주리 담당이었다. 주리는 선빈과 헤어진 후 동아리에 나오지 않고 있다. 다른 부원들이 교정 업무를 볼 사람을 새로 뽑아야 하지 않느냐고 했지만, 선빈은 당분간 자신이 맡겠다고 했다. 주리의 일을 정식으로 다른 사람이 하게 된다면, 주리는 돌아올 수 없을 거다.

"진심이야? 넌 내가 신문부를 계속할 수 있을 거라 생각해? 너 진짜 어이없다."

주리와 헤어진 후, 신문부는 계속해야 하지 않느냐고 물었을 때 주리가 말했다.

"네가 나가. 그럼 내가 다시 할 테니까."

또 착한 척을 해 버렸구나. 근데 이건 착한 게 아니잖아. 주리 말이 맞다. 헤어진 남녀가 어떻게 아무렇지 않게 친구로 돌아갈 수 있겠어.

선빈은 오른손으로 얼굴을 감싸면서 비볐다.

'내가 주리를 정말로 좋아하긴 한 걸까. 모르겠다. 과연 내가 누굴 진심으로 좋아할 수 있을까.'

주리는 한없이 투명했다. 자신의 감정과 생각을 숨기지 않고 다 드러냈다. 겉과 속이 같았다. 처음에는 뭐 저런 아이가 다 있나 싶었다. 신문을 만들면서 "나 저거 정말 좋아하는데.", "불편해서 싫은데."라는 말을 직접적으로 했다. 물론 선빈을 비롯한 다른 아이들도 비슷한 생각을 했지만 입 밖으로 내지 않았다. 하지만 주리는 달랐다. 시험을 망치면 "아, 나 이번에 엄청 열심히 했는데 성적 떨어졌어." 하고 울상을 지었다. 공부를 했으면서도 안 한 척하는 스타일이 절대 아니었다. 주리는 자신의 감정을 온전히 다 표현했다. 싫은 건 싫고, 좋은 건 좋다. 주리는 좋고 싫은 게 분명했다. 그래서 궁금해졌다. 주리는 도대체 어떤 아이일까. 선빈과 너무나 다른 주리가 처음에는 불편했지만, 선빈이 하지 못하는 행동을 하는 게 재밌었다. 주리와 단둘이 동아리실에 있을 때를 기다렸다. 주리를 생각하면 웃음이 나왔다. 그게 좋아하는 감정이었을까.

주리에게 먼저 사귀자고 한 건 선빈이다. 3학년 선배 민호가 주리를 좋아한다는 이야기를 우연히 듣게 되었다. 수능이 끝나면 주리에게 고백할 거라고 했다. 주리가 다른 사람과 사귀는 건 싫었다. 더구나 민호라면 더더욱 싫다. 민호는 3학년이라 신문부에 잘 오지 않았지만, 전 부장이라는 이유로 선빈에게 사사건건 트집을 잡았다. 그래서 그 선배가 수능을 치르기 전에 먼저 선빈은 주리에게 고백했다. 주리와 있을 때면 선빈은 스스로가 연기를 하고 있다는 생각을 떨쳐 버릴 수 없었다. 좋은 남자 친구가 되어야지, 의식적으로 생각했다.

주리와 사귀지 않았다면 그냥 좋은 친구로 지낼 수 있었을 텐데. 괜한 욕심을 부렸다.

그나저나 주리는 왜 아침부터 아인을 찾아다니는 걸까. 선빈은 오늘 여러 번 주리와 아인을 각각 마주쳤다. 아인은 도망 다니는 사람이고, 주리는 찾아다니는 사람이다. 둘 사이에 무슨 문제라도 생긴 건가. 둘이 친한 줄 알았는데 아니었나. 혼자 있을 주리가 자꾸 신경 쓰였다. 선빈이 이러는 걸 알면 주리는 한마디 할 거다. "가식 떨지 마. 재수 없어." 주리의 표정과 말투가 생생하게 떠올랐고, 선빈은 쓴웃음을 지었다.

도대체 언제까지 여기 꼼짝 않고 갇혀 있어야 하는 거지. 한영주와 아이들을 살펴봤지만, 선빈은 SNS에 글을 올린 사람이 누군지 짐작조차 가지 않았다. 어제 경찰의 이야기를 듣고 불편함은 불안감으로 바뀌었다. 선빈은 범인과 같은 공간에 있다고 생각하니 긴장이 되었다. 마음도 몸도 너무나 무겁다. 어젯밤엔 가위에 눌리는 바람에 잠을 거의 자지 못했다. 몹시 피곤하다. 책상에 엎드려 잘까 하다가 그만두었다. 또 가위에 눌릴까 두렵다. 한동안 꾸지 않았던 악몽을 어젯밤 꿨다.

두 친구가 숲속을 걸어가고 있다. 둘은 무슨 일이 있어도 우정 변치 말자고 약속한다. 그런데 둘 앞에 갑자기 곰이 나타난다. 키가 큰 친구는 재빠르게 나무 위로 올라갔지만, 키가 작은 친구는 미처 도망치지 못한다. 곰이 달려들었고, 키가 작은 친구는 죽은 척하고 바닥에 쓰러진다. 곰이 그에게 다가와 툭툭 쳐 보고 냄새를 맡아 보지만, 움직이지 않는다. 곰은 죽은 고기는 먹지 않기에 그냥 가 버린다. 그리고 키가 큰 친구가 내려와 묻는다. 곰이 무슨 말을 했느냐고. 죽은 척했던 친구는 말한다. 어려움에 처할 때 도와주는 친구가 진정한 친구라고. 어려움에 처할 때 외면하는 친구와는 사귀지 말라고. 그리고 둘은 헤어진다.

'제발 좀 꺼져, 곰.'

차라리 곰에게 잡아먹혀 버리는 게 나을 것 같다.

오전 11시

'다들 나한테 왜 그러는 거야.'

주리는 터덜터덜 복도를 걸으며 생각했다. 선빈에 이어 아인까지.

'내가 뭘 그렇게 잘못한 거지.'

어젯밤부터 아인이 조금 이상했다. 위진성이 핸드폰 충전기를 빌려주지 않아서 그런 줄로만 알았는데, 주리를 대하는 분위기가 싸했다. 주리가 말을 걸어도 대답을 하는 둥 마는 둥 했다.

아침에 일어나 보니, 아인은 매트에서 가장 멀리 떨어진 책상에 앉아 있었다. 주리가 다가가 아침을 먹으러 가자고 했지만, 아인은 배가 고프지 않다고 차갑게 말했다. 아인은 어느새 말도 없이 교무실에서 사라졌다. 화장실에 간 줄 알고 기다렸지만 한참이 지나도 돌아오지 않았다.

주리와 아인은 작년에 이어 올해도 같은 반이 되었다. 작년에는 채현까지 셋이 함께 어울렸는데 올해 채현은 다른 반이 되었다. 그러다 보니 요즘 주리와 제일 친한 사람은 아인이었다.

주리가 고민이 있거나 그냥 아무 말이나 하고 싶을 때, 가장 먼저 떠오르는 사람이 아인이다. 그래서 수요일에도 아인에게 같이 학교에 오자고 부탁했다. 맺고 끊는 게 분명한 채현은 불편하다. 무언가를 하자고 했을 때, 채현은 "못 해.", "시간 없어." 하고 돌려 말하지 않고 직접적으로 말했다. 주리가 좀 징징대면, 채현은 곧바로 "어리광 좀 부리지 마." 하고 입바른 소리를 했다. 하지만 아인은 달랐다. 주리의 부탁을 거절한 적이 거의 없다. 아인은 "괜찮아."라는 말을 자주 했다. 그래서 주리는 아인이 편했다.

아인은 교무실이 답답해서 바람을 쐬러 나갔을 거다. 주리 때문일 리가 없다. 괜히 주리가 과민반응하는 거다. 그렇게 생각하니 주리는 마음이 좀 편해졌다. 얼른 아인을 만나서 스스로 오해하고 있는 걸 풀고 싶었다.

혹시 아인이 뭘 먹으러 갔나 싶어서 매점으로 갔다. 거기에는 위진성 혼자 있었다. 주리는 몸을 돌려 다시 우산을 폈다.

장우산을 썼는데도 비가 많이 와서 옷이 다 젖었다. 어젯밤부터 내린 비는 여전히 무섭게 오고 있다. 홍수 재난 문자가 어젯밤부터 계속 왔다. 학교 운동장도 빗물이 고여 빠지지 않고 있다. 아침에 TV 뉴스를 트니, 침수된 아파트와 주차장이 나왔다. 주리가 초등학교 때 살던 동네로 여기에서 그리 멀지 않은 곳인데, 지상 주차장 위 자동차가 반이나 잠겼다.

주리는 과학실에서 아인을 발견했다. 아인은 중간 자리에 앉아 있다. 주리는 아인이 무척 반가웠다.

"뭐 해? 여기서?"

주리는 아인에게 다가갔다. 옆자리 의자를 빼서 뒤로 돌린 후 그 위에 앉았다. 아인은 고개를 숙인 채 주리를 바라보지 않았다.

"계속 여기 있었던 거야? 한참 찾았잖아. 너 찾으려고 안 가본 데가 없어. 참, 너 아침은 먹었어? 컵라면은 질려서 못 먹겠어. 아, 경찰은 뭐 하는 거야. 완전 짜증 나. 도대체 언제까지 있어야 하는 거야. 진짜 너무하지 않냐?"

주리는 쉬지 않고 말했다.

"아, 수요일에 너 따라 교실에만 안 갔어도 지금 집에서 쉬고 있을 텐데. 아인이 너, 나한테 미안하지? 그치? 이게 뭐냐? 아, 진짜 속옷도 못 갈아입고 찝찝해 죽겠네. 하필 비까지 이렇게 오고."

주리는 아인의 반응을 살폈다. 예전에 엄마 아빠가 싸울 때도 그랬다. 둘이 싸우면 어린 주리는 어떻게 해야 할지 몰랐다. 주리는 엄마나 아빠의 팔을 잡고 "나 배고파. 피자 사 줘."라고 아무 말이나 했다. 어떻게든 그 상황을 멈추고 싶었다. 그러면 엄마와 아빠는 주리를 봐 줬다.

"옷에서 냄새나는 것 같아. 옷 갈아입고 싶어 죽겠네. 진짜 경찰들 너무 무능하지 않냐? 협박범도 못 잡고, 수색도 못 하고. 경찰 완전 짜증 나."

"그만 좀 해."

"어?"

고개를 든 아인은 싸늘하게 주리를 바라봤다.

"야, 김아인, 왜 그래. 장난 그만해."

아인은 오래, 그리고 길게 한숨을 내쉬었다.

"나는, 네 감정의 쓰레기통이 아니라고. 그만 좀 징징대. 그리고 엊그제 학교 온 건 너 때문이잖아. 네가 차선빈 마주치기 싫다며 꼭 그날 와야겠다고 했잖아."

선빈의 이름이 나오자 주리는 반사적으로 인상을 썼다.

"그래도 난 네 원망 안 했어. 근데 너는 계속 내 탓만 해."

"아니, 나는 이 상황이 너무 짜증 나니까."

"그럼 나는 짜증 안 나겠어? 나도 지금 무진장 엿 같거든. 난 여기 갇힌 것보다 너랑 같이 갇혔다는 게 더 싫어!"

아인이 버럭 소리를 질렀다. 주리는 아인이 이렇게 화를 내는 걸 처음 봤다.

"미안해, 내가 좀 심했지? 미안."

주리는 일부러 아인에게 얼굴을 가까이 대고는 아인과 눈을 마주치며 찡긋하고 웃었다. 아인은 표정의 변화가 없었다.

"나한테 많이 섭섭했구나."

아인이 물끄러미 주리를 바라보았다. 그러고는 한마디 내뱉었다.

"아니."

아인은 입술을 바르르 떨더니 계속 말을 이었다.

"섭섭한 건 기대하는 게 있을 때 생길 수 있는 감정이야. 나는 너한테 바라는 게 아무것도 없어. 나는 너 친구라고 생각하지 않아. 예전부터 그랬어."

아인의 말 한마디 한마디가 주리 귀에 콕콕 하고 박혔다. 주리와 아인 사이의 거리는 불과 3, 40cm에 불과하지만, 주리는 아인이 너무나 멀게 느껴졌다.

"그, 그럼 이제까지는 너랑 나…… 뭐였어?"

당황한 주리는 말까지 더듬었다. 아인이 이런 생각을 하고 있을 줄 몰랐다. 소설이나 영화에는 최소한 복선이 있다. 그게 없으면 형편없는 작품이라고 욕을 먹는다.

"말도 안 돼. 너랑 내가 친구가 아니면 뭔데? 나랑 왜 같이 다녔던 건데?"

거짓이 거짓말을 한다고 진실이 되는 건 아니야. 주리는 갑자기 선빈이 했던 말이 떠올랐다. 왜 하필 지금 그 자식의 말이 떠오르는 거야. 선빈은 신문을 보며 종종 그 말을 했다. 주리가 왜 헤어져야 하느냐고 이유를 물었다면, 어쩌면 선빈은 이 말을 했을지도 모른다. 좋아하지 않으면서 좋아하는 척한다고 좋아지는 게 아니라고. 아인도 그런 상태일까. 그래서 결국 주리에게 말을 한 걸까. 주리는 선빈에겐 헤어짐의 이유를 묻지 않았다. 자존심이 상했으니까. 하지만 아인에게는 물을 수 있다. 물어야만 한다.

"내가 싫으면서도 내 옆에 있었던 거야? 내가 그렇게 끔찍했어? 그런데 어떻게 친구인 척해?"

"더 이상 네 눈치 보기 싫어. 너는 늘 네 멋대로잖아. 그게 무슨 친구야?"

"그럼 그때마다 말하지 그랬어? 이주리, 너 그만 좀 하라고. 경고 한번 안 주고 왜 갑자기 퇴장카드를 내미냐? 그리고 나는 뭐 너한테 불만 없는 줄 알아?"

아인은 아랫입술로 윗입술을 꾹 밀었다. 저건 말하고 싶은 게 있지만 하지 않을 때 짓는 표정이다. 주리는 아인의 저 표정을 알고 있다.

주리는 눈물을 뚝뚝 흘렸고, 손으로 얼굴을 닦으면서 계속 말했다.

"나도 네 눈치 봐. 왜 너만 내 눈치 본다고 생각해? 너는 맨날 이것도 좋고, 저것도 좋다고 해. 그래서 내 마음대로 하면 나중에는 아니었다고 뒤늦게 말하잖아. 너 혼자 착한 척 다 하고, 나만 제멋대로인 애 만들잖아."

"그건 내 성격이 그러니까 그런 거고."

"나는 그래서 너 이해했어. 너도 그런 거 아니었어? 갑자기 왜 나한테 나쁜 말 해? 왜 내가 친구가 아니라는 거야?"

"몰라, 나도. 나도 모르겠어."

아인이 울먹이며 대답했다.

그때, 펑! 하고 무언가 터지는 굉음이 울렸다.

주리와 아인은 깜짝 놀라 책상 아래로 몸을 수그렸다. 둘은 덜덜 떨며 서로의 팔을 움켜잡았다.

체육관이 폭발했다.

오후 12시

교무실에 여덟 명이 다시 모였다.

폭발음을 듣고 흩어져 있던 아이들은 교무실로 달려왔다. 교무실 창문 쪽에 다닥다닥 붙어 체육관을 바라봤다. 체육관 입구 쪽에 무언가 터졌는지 작게 불이 났지만, 비가 와서 곧 꺼졌다. 교무실에서 체육관까지는 거리가 있어, 뭔지 잘 보이지 않았다.

"저게 뭐예요? 어떻게 된 거예요?"

재준이 한영주에게 물었다. 한영주는 그토록 듣기 싫었던 "기다려 봐."라는 말을 또다시 아이들에게 할 수밖에 없었다.

이 경사에게 먼저 연락이 왔고, 한영주는 전화를 받았다.

"다들 괜찮아요? 여덟 명 다 모여 있어요?"

"네."

"다행이네요. 아, 이제 다 끝났다고 생각했는데, 이 미친놈이 또 SNS에 글을 올렸어요."

"뭐라고요?"

이 경사는 SNS 글을 그대로 읽어 줬다.

"내가 장난하는 거로 보여? 그럼 우선 하나 먼저 터트려야 겠다."

한영주는 속으로 씨발, 하고 읊조렸다. 워낙 속에서만 자주 했던 말이라 바깥으로는 나오지 않았다.

144

"되도록 교무실에 모여 있어요. 폭발물이 체육관에만 있다는 보장은 없으니까요."

통화를 끝낸 후 한영주는 이 경사의 말을 그대로 전했다. 이번에는 아무도 짜증을 내지 않았다. 눈앞에서 폭발한 체육관을 봐서인지, 다들 겁을 먹은 듯했다. 이전까지 모의였다면 이제부터는 실전 상황이 되어 버렸다. 도대체, 누가, 왜 이런 일을 벌이는 걸까.

교무실 안을 아이들 숨소리가 가득 채웠다. 다들 긴장해서 그런지 숨소리가 크다. 한영주는 모여 있는 아이들에게 다가갔다.

"괜찮아. 별일 없을 거야."

주리와 아인이 한영주를 바라보며 "선생님." 하고 말했다. 그새 울었는지 두 아이의 눈이 부었다.

"비만 그치면 나갈 수 있어. 걱정하지 마."

한영주는 아이들을 먼저 달랬다. 지우와 한아는 그나마 덜 겁을 냈다. 선빈과 재준은 의자에 얌전히 앉아 있다. 진성은 정신없이 교무실을 왔다 갔다 했다. 비를 맞았는지, 진성 몸에서 물방울이 뚝뚝 떨어졌다.

"아, 씨. 엊그제 우리 저기 갔었잖아. 와, 대박. 진짜 그날 터졌으면 어쩔 뻔했어. 엄청 무섭네."

진성이 창틀에 몸을 기대고 서서 말했다. 그런 후 또다시 번잡스럽게 이리저리 교무실 안을 돌아다녔다. 진성의 말을 들은 아이들의 몸에 소름이 돋았다. 교무실은 과연 안전한 걸까. 만약 여기에도 폭탄이 설치되어 있으면 어쩌지?

"아, 이러다가 우리 다 죽는 거 아냐? 아, 씨. 개흥미로워."

진성은 계속 혼자 중얼댔다. 누구도 진성에게 조용히 하라고 말하지 못했다. 한영주도 인상만 찡그릴 뿐 진성을 그냥 두었다. 진성이 한마디 한마디 할 때마다 아이들의 긴장도가 높아졌지만 어쩔 수 없다. 건드려 봐야 좋을 게 없다. 그런데 진성은 유달리 흥분 상태다.

"근데 용의자가 외부인이 아닐 수도 있잖아. 씨, 교사인지 학생인지 어찌 알아. 뭐 나일 수도 있고. 크크."

진성은 농담이라며 웃으면서 말했지만, 순간 몇몇 아이들은 진성의 말이 진담이 아닐까 의심했다.

오후 1시

한창 컴퓨터로 게임을 하고 있는데 진성의 핸드폰 벨소리가 시끄럽게 울렸다. '위잉~'하는 앰뷸런스 소리다. 진성은 손을 뻗어 탁자 위의 핸드폰을 집었다.

"이 새끼야. 너 뭐야?"

전화를 받자마자 상대가 소리쳤다.

"너 도대체 무슨 짓을 한 거야? 너 하다 하다 이제 학교까지

146

테러해?"

"뭔 소리야."

"SNS에 협박 글 올린 거 너지?"

"뭐? 아, 나 아니라고."

"근데 지금 이게 뭐야? 너 이 새끼. 보자 보자 하니까 아주 그냥."

전화기 너머로 실랑이하는 소리가 들렸다. "줘 봐.", "뭘 줘 봐. 내가 아주 이 새끼 가만 안 둘 거야.", "내가 잘 말해 볼게.", "잘 말하긴 뭘 잘 말해. 내가 죽일 거야, 이 새끼.", "애한테 욕 좀 하지 마.", "그럼 내가 지금 욕 안 하게 생겼어?" 진성은 전화기를 귀에서 멀리 떨어트렸지만, 소리가 워낙 커서 스피커폰으로 통화하는 것처럼 아주 잘 들렸다.

"진성아, 솔직하게 말해 봐. 진짜 네가 그런 거야?"

아빠에게 전화기를 뺏은 엄마가 물었다.

"아니야."

"진짜 아니야?"

"아, 내가 그걸 왜 해?"

"방금 경찰들이 집에 와서 네 컴퓨터 들고 갔어."

"아 씨. 뭐라고?"

진성은 자리에서 벌떡 일어났다.

"아 내 컴퓨터를 왜 줘?"

"경찰이 조사해야 한다는데 그럼 어째? 이번엔 너 아니지?"

"나 아냐. 진짜 아냐."

"진짜 아니야? 근데 수요일에 학교에 왜 간 건데? 그날 학교 수업 없었잖아."

"아, 그냥 왔어."

"그냥이 어디 있어? 진짜 네가 그런 거야?"

"아니라고."

"진짜 너 아니라고?"

"아니야."

"진짜 너 아냐?"

"아니라니까 왜 자꾸 그래?"

"진짜 너 아닌 거 맞아?"

엄마는 이미 대답한 걸 또 묻고 또 물었다. 아니라고 말했는데 왜 자꾸 같은 질문을 하는 거야. 옆에서 아빠가 "진짜 아니래? 근데 저 새끼 지난번에도 아니라고 했잖아."라고 말하는 게 들렸다. 이중창이 따로 없었다. 아무래도 원하는 대답이 있는 듯했다.

"맞아. 내가 그랬어. 됐어?"

"뭐?"

"끊어."

진성은 통화 종료 버튼을 눌렀다. 다시 전화가 오자 이번엔 아예 전원을 껐다.

진성은 소리 내어 "씨발, 씨발." 하고 말했다. 부모라면 설사

진짜로 자식이 그랬더라도 아니라고 믿어야 하는 거 아닌가.

씩씩대던 진성이 갑자기 큭큭, 하고 웃기 시작했다. 도대체 나를 뭘로 보고. 어떻게 콩알탄이 학교 테러까지 갈 수 있겠나.

창밖을 보니 아까보다 빗줄기가 약해졌다. 이제 비가 좀 그치려나. 아까 체육관 폭발이 일어났을 때, 다들 놀라서 교무실에 모여 있었다. 하지만 이내 체육관 폭발 원인이 밝혀졌다. 방송국에서 취재를 위해 띄운 드론이 체육관 앞에 떨어졌는데, 배터리가 과열되어 폭발한 거였다. 괜히 쫄았다.

그나저나 경찰은 과연 우리를 구해 줄 마음이 있긴 한 걸까. 비가 그치면 제대로 폭탄을 찾으려나. 괜한 기대는 하지 않는다. 기대는 번번이 어긋나니까.

학교는 한 번도 진성의 편을 들어준 적이 없었다. 아이들이 진성을 싫어하는 것도, 놀리는 것도, 괴롭히는 것도 모두 진성의 탓이라고 했다.

"아, 저 병신 봐 봐."

"찐따 새끼."

진성은 고개를 숙여 제 몸 곳곳을 살폈다. 진성 몸에 왕따가 묻어 있는 건가. 진성 눈에는 보이지 않는데. 새 학년이 되면 아이들은 귀신같이 진성을 찍었다.

"선생님, 쟤가 때려요."

초등학교 저학년 때는 선생님한테 말했다. 하지만 언젠가부터 진성이 이야기하면, 선생님은 "너희들 일은 너희들끼리 알아서 해야지."라고 말했다. 간혹 도움을 요청하면 도와주는 척하는 선생님이 있긴 했다. 하지만 선생님이 노려본 건 진성이다. 네가 잘 좀 해,라고 선생님의 눈은 말하고 있었다. 여기저기에서 귀찮은 애 취급을 받았다.

왕따는 당하는 사람이 문제다. 왕따가 되지 않으려면 튀는 행동을 하지 마라. 움츠리고 다니지 마라. 일찍 혹은 늦게 등교하는 방법도 생각하고, 다른 등굣길을 생각하라. 나를 험담하는 별명이 있다면 그것에 익숙해져라. 친구들과 유사하게 행동하고 생각하도록 노력하라.

이건 왕따 피해자에 대한 안내들이다.

왕따 가해자에 대한 교육은 없다. 가해자 교정이 아닌, 피해자 교정만 요구한다. 학년이 올라가면서 진성은 세상에 자신을 도울 사람이 없다는 것을 알게 되었다.

3년 전이었다. 중학교 2학년 때, 같은 반 아이들이 진성을 노골적으로 싫어했다. 진성을 보면 인상을 썼고, 옷깃이라도 스치면 똥이라도 묻은 것처럼 자지러졌다. 대놓고 짜증 나, 멍청해, 바보, 병신 같은 말을 툭툭 내뱉었다. 특히 한 무리가 심했다. 너무 약이 올라서 그 애들이 화장실에 들어갔을 때 문을 열고 콩알탄 30개를 던진 후 도망쳤다. 타타닥타타닥. 아이들의 비명과 콩알탄이 터지는 소리가 학교 전체를 흔들었다. 진성은 콩알탄을 던진 범인이 아니라고 발뺌했지만, 진성의 얼굴을 본 아이가 있었다.

진성은 5일간의 정학을 받았다. 학교에 아예 오지 않는 줄 알고 좋아했는데, 하루 종일 상담실에서 지내면서 매일 반성문만 썼다.

잘못했습니다. 잘못했습니다. 잘못했습니다.

평생 할 잘못했다는 말을 그때 다 했다. 진성은 진심으로 후회했다. 안 걸릴 줄 알고 저지른 건데, 이렇게 떡하니 걸릴 줄이야. 아이들은 진성을 더 싫어할 거다.

정학 기간이 끝나고 교실로 돌아갔다. 그런데 이상했다. 누구도 진성에게 짜증을 내지 않았다. 콩알탄을 맞은 아이들조차도.

진성은 비로소 깨달았다. 찌질이보다 또라이가 낫구나. 진성은 더 이상 피해자가 아니었다.

오후 2시

경찰에게 전화가 왔다. 선빈은 핸드폰을 들고 교무실 바깥으로 나왔다.

"오전 11시에 학교 컴퓨터 접속 기록이 또 떴어요. 그때 컴퓨터 사용한 사람이 누구예요? 혹시 한영주 선생이 사용하지 않았어요?"

"그 시간에 제가 한영주 선생님이랑 같이 있지 않아서요."

그때 선빈은 동아리실에 있었다.

"아, 잘 좀 관찰하라니까. 제대로 좀 하지."

선빈은 경찰에게 혼나는 기분이 들었다. 지금 자기 역할을 못 하고 있는 게 누군데. 불쾌해진 선빈은 경찰에게 항의하듯 말했다.

"메일 포털 사이트에 아이디 사용자를 알려 달라고 하면 되잖아요. 그게 더 확실하죠."

경찰도 밝히지 못하는 아이디 주인을 어떻게 선빈이 찾을 수 있을까.

"당연히 요청했죠. 근데 그 포털도 본사가 외국이라 이게 쉽지가 않네. 자기 나라 일 아니라고 개인정보, 권리만 이야기하고 있다니까."

경찰은 수사의 어려움에 대해 선빈에게 한참을 토로했다.

"협조 좀 해 줘요. 학교 선생님들이 선빈 학생을 가장 믿을 만한 사람이라고 추천했어요. 잘 좀 관찰해 줘요. 벌써 3일째잖아요. 오늘은 나가야죠."

"네. 알겠습니다."

선빈은 여느 때와 마찬가지로 같은 대답을 했다.

"형, 뭐 해요? 무슨 전화인데 얼굴이 그래요?"

선빈 앞에 그림자가 덮쳤고, 고개를 들어 보니 재준이다. 하루 만에도 키가 클 수 있나. 재준은 볼 때마다 키가 크는 것 같다.

"너 어제보다 더 커 보여."

"다들 그렇게 말해요. 제가 큰 걸 사람들이 다 아니까 이 정도 크겠지, 생각하고 있는데, 만나면 막상 생각보다 더 크거든요."

재준은 손으로 키를 재듯 제 머리 쪽을 가리키며 말했다.

"뭐 며칠 사이에 더 컸을 수도 있고요."

선빈이 그럴 수도 있겠다며 고개를 끄덕였다.

"근데 무슨 전화를 그렇게 심각하게 받아요?"

"응?"

"엄청 심각하던데?"

재준은 복도를 걸어오면서 선빈이 전화하는 걸 지켜봤다.

"제가 키만 큰 게 아니라 눈도 좋아요. 전생에 기린이었나 봐요."

"기린이 눈도 좋아?"

"그럴걸요? 맹수들 피해 도망쳐야 하니까요. 기린은 잠도 서서 잔대요."

선빈은 제 앞에 서 있는 재준이 기린과 오버랩되어 보이는 것 같았다. 기린인지 재준인지 모르겠다.

"너 진짜 기린 같다."

그 말을 듣고 재준은 "그럼 기린 하죠 뭐."라고 말하며 목을 더 길게 뺀 후 기린 흉내를 냈다.

"나는 뭐 같아?"

"뭐가요?"

"동물로 따지자면 나는 뭐랑 비슷할까?"

"음."

재준은 선빈을 이리저리 살피더니 대답했다.

"잉어요."

"잉어? 잉어도 동물인가?"

"식물은 아니잖아요."

선빈은 고개를 갸웃했다. 보통 동물이라고 하면 육지 위에 사는 것들을 이야기하니까.

"내가 왜 잉어 같은데?"

"그냥 형은 잉어 같아요. 그 이야기 있잖아요. 용궁에 사는 왕자가 잉어로 변신해서 돌아다니는 거요. 잉어가 어부한테 잡혀서 눈물을 뚝뚝 흘리니까 어부가 놓아줘요. 잉어는 나중에 금은보화로 은혜 갚고요."

선빈도 어렸을 때 전래동화 책에서 읽었던 기억이 났다.

"그럼 그것도 잉어였나?"

"어떤 거요?"

"〈토끼전〉에서 용왕한테 토끼 간 먹으라고 했던 것도 잉어였어?"

"글쎄요. 그건 기억 안 나는데."

선빈은 기억이 날 것도 같으면서도 나지 않았다. 자라가 나서서 먼저 용왕에게 토끼 간을 가져온다고 했었나, 아니면 잉어가 말을 해서 용왕이 자라에게 시켰던 건가.

"모르겠어요. 근데 그게 중요해요?"

"아니. 그냥 갑자기 궁금해서. 들어가자."

선빈은 재준과 함께 교무실로 들어왔다.

"지겨워."

책상 앞에 앉은 선빈은 소리 내어 이 말을 했다. 작은 소리였기에 다른 사람은 듣지 못했다.

선빈은 초등학교 1학년 때부터 지금까지 계속 반장이나 부반장을 했다. 초등학생 때는 반장 선거가 인기투표처럼 느껴져서 반장으로 뽑히면 으쓱했다. 엄마와 아빠는 학교를 다니며 한 번도 반장을 해 보지 못했다면서 선빈을 자랑스럽게 여겼다. 반장이면 다른 친구들에게 모범을 보여야 할 것 같아, 선빈은 수업 시간에도 열심히 듣고 선생님 심부름도 잘했다. 준비물을 잊은 적도 없다. 선빈은 모범이 되어야 했다. 교실 안에 휴지가 떨어져 있으면 시키지 않아도 주웠다. 친구들끼리 싸움이 나면 나서서 중재했다. 같은 반에 도움반 아이가 있으면 선빈은 짝을 하겠다고 했다.

"내가 없을 땐 네가 내 역할을 해야 해. 알았지? 선생님은 선빈이만 믿어."

선빈은 "네, 알겠습니다."라고 대답했다. 한 번도 "아뇨."라고 말한 적이 없다. 아마 선빈이 태어나서 지금까지 제일 많이 한 말은 "네, 알겠습니다."일 것이다. 가끔 선빈은 다른 아이들처럼 장난도 치고 싶고, 숙제도 한 번쯤 안 하고 싶기도 했다.

초등학교 5학년 때, 같은 반 아이들이 선빈에 대해 말하는 걸 우연히 들었다. 수업이 모두 끝난 후 교실에서 나왔는데, 선빈은 책상 서랍 안에 국어 노트를 두고 온 게 생각났다. 내일 숙제를 하려면 그 노트가 필요했다. 교실 문을 열려는데, 안에서 반 아이들이 대화 중이었다. 하교 후 옆 반 아이들과 축구를 하기로 했다며, 한 아이가 선빈을 부르자고 했다. 그런데 "그 새끼 담임 끄나풀이잖아.", "그래. 재수 없어. 차선빈은 빼."라고 다른 아이들이 말했다.

선빈은 문을 열지 않았다. 조용히 복도 끝으로 가서 반 아이들이 나오기만을 기다렸다. 아이들이 나온 걸 확인한 후 교실 안으로 들어가 노트를 꺼내 집으로 돌아왔다. 운동장에서는 아이들이 축구를 하고 있었다.

집으로 돌아와 선빈은 끄나풀의 뜻을 찾아보았다.

1. 길지 아니한 끈의 나부랭이.

2. 남의 앞잡이 노릇을 하는 사람을 낮잡아 이르는 말.

민석과 성민은 왜 그렇게 말을 했을까. 차라리 평소에 대놓고 반감을 표시하는 아이들이었다면 좋았을 텐데. 민석과 성민은 항상 "반장!", "차반장!", "우리의 반장!" 하며 선빈을 따라다녔다.

다음 날, 학교에서 민석과 성민을 만났다. 그들은 선빈을 평소와 똑같이 대했다. 그래서 선빈도 그 아이들에게 "너 왜 그렇게 말했어?"라고 묻지 않았다.

오후 3시

"지금 뭐 하는 거니?"

화장실에 다녀온 한영주는 자신의 핸드폰을 들고 있는 선빈을 발견했다.

"네가 그걸 왜 보고 있어?"

훔쳐보다가 걸렸지만 선빈은 별로 당황하지 않았다. 선빈은 핸드폰을 영주에게 건넸다. 그런 선빈의 태도에 당황한 건 오히려 한영주다.

"선생님, 물어볼 게 있는데요."

"뭔데?"

선빈은 여기에서는 묻기 곤란하다는 몸짓을 취했다. 한영주는 선빈을 데리고 교무실 밖으로 나왔다.

"경찰이 선생님을 의심해요. 이거, 선생님이 한 거예요?"

한영주는 선빈을 똑바로 바라보았다.

"뭐라고? 다시 말해 볼래?"

"경찰이 선생님을 범인으로 의심한다고요. 선생님이 SNS에 글 올리셨어요?"

한영주는 너무 어이가 없어서 "하아." 하고 한숨도 아닌 대답도 아닌 말을 내뱉었다. 선빈은 경찰이 한 이야기를 한영주에게 전했다. 한영주는 기분이 몹시 상했다. 경찰이 몇 번이나 한영주에게 학교에 왜 온 거냐는 질문을 했지만, 자신을 의심할 거라는 생각은 하지 못했다.

"참 나."

"걱정 마세요. 샘이 아닐 거 같아서 물어본 거예요."

"근데 네 표정은 뭔지 모르겠다."

"아."

선빈은 한영주의 말을 바로 이해했다. 선빈은 표정이 없다는 말을 자주 들었다. 주리는 선빈에게 "그래서 넌 이게 좋다는 거야, 싫다는 거야?" 하고 화를 냈다.

"선생님, 어떻게 생각하세요?"

"뭘?"

"SNS에 협박 글을 올린 사람이 누굴 것 같아요?"

"너."

한영주는 선빈을 똑바로 바라보며 말했다.

"농담이죠?"

"응. 농담 안 같았니?"

"네."

"아, 미안."

선빈도 한영주도 웃지 않았다. 둘 다 농담에 어울리지 않는 사람이라 차라리 다행이었다. 그러면 상대의 농담에 기분이 상하지 않는다.

둘은 학교 컴퓨터를 사용한 사람이 누굴까 이야기를 나눴다. 대부분 학교 컴퓨터를 한 번씩은 사용했다.

"근데 넌 왜 내가 아닐 거라고 생각해? 나한테 동기가 있다며? 내가 가장 유력하다며?"

한영주는 선빈에게 물었다.

"선생님이 누구보다 여기 갇혀 있는 걸 답답해하더라고요."

한영주는 아무 말도 하지 않았다. 그렇게 티가 날 거라고는 생각하지 못했다. 한영주는 교무실로 들어가려는 선빈에게 물었다.

"혹시 나 예전에도 그랬니?"

"네?"

"아냐. 그만 들어가 봐."

현진고에서 3년을 넘게 있으면서, 한영주는 할 수 있는 한 최선을 다했다. 임용을 계속 준비했지만, 정규직 자리가 나면 1순위가 되지 않을까 하는 일말의 기대가 있었다. 그 기대감을 실어 준 건 학교였다. 한영주의 수업 시수는 일주일에 22시간으로 가장 많았고, 담임과 동아리 업무까지 맡았다. 현진고에는 마침 정년을 앞둔 국어 교사가 있었다.

"자기, 적당히 해. 잘하면 계속 시킨다."

옆에서 이미림은 툭툭 이 말을 던졌다. 그때마다 한영주는 웃으며, "네." 하고 넘겼다. 한영주도 이미림처럼 "저도 일 많아요. 이건 다른 선생님한테 주세요."라고 말할 줄 몰라서 못한 건 아니었다. 이미림은 정년이 보장된 정교사였고, 한영주는 1년 단위로 계약하는 계약직이었다. 한영주의 내년 계약 여부를 손에 쥐고 있는 건 교감을 비롯한 위의 인사들이다.

"열심히 해, 한 선생. 다 보고 있다고."

"내년에 정규 뽑는 거 알지?"

"한 선생이 1순위지."

올해, 국어 교사 정규 모집을 했다. 시강을 할 때, 작년에 교생으로 왔던 사람도 왔다. 교생은 한영주를 보고 반가워했다. 그가 교생을 할 때, 한영주는 그에게 이것저것 많이 알려 줬다. 학습 지도안을 작성하거나, 튀는 아이들을 지도하는 방법 같은 것들을. 예전 영주 자신의 모습이 떠올랐기 때문이다.

새 학기를 앞두고 발표가 났고, 뽑힌 건 교생이었다. 몰랐다. 교생의 외삼촌이 이사장이었을 줄은. 교생에게 "교사 되는 거 쉽지 않아."라고 말했던 게 떠올랐다. 한영주 앞에서 고개를 끄덕이던 교생은 그때 무슨 생각을 했을까. '당신은 그렇군요. 전 아닌데.' 속으로 그랬을까.

한영주는 또다시 계약직이 되었다. 이번에는 1년도 아닌 3개월이었다. 출산을 앞둔 교사의 자리였다. 교감은 출산 휴가를 신청한 교사가 육아 휴직을 할 수도 있다며, 그러면 다시 1년을 계약할 수 있을 거라며, 한영주에게 또다시 "열심히 해."라고 말했다. "저 이제까지 열심히 했어요. 그런데 언제까지 더 열심히 해야 하는데요. 왜 저한테만 열심히 하라고 하세요?"라고 한영주는 묻지 못했다. 대신 "감사합니다." 인사를 했다.

올해 5월 초, 교감의 말대로 출산 휴가를 갔던 선생님은 육아 휴직을 신청했다. 그나마 1년 연장할 수 있겠다 싶어 한영주는 안심했다. 그런데 학교에서는 새 계약 이야기를 하지 않았다. 6월부터 근무를 하려면 새 계약서를 써야 하는데도 말이다. 한영주는 새 계약서를 쓰자는 말을 기다렸다. 기다리고 기다리고 또 기다렸다.

"자기, 그럼 이제 어디 가? 그냥 임용 준비만 할 거야? 뭐 그게 나을 수도 있겠다."

지난달 중순, 이미림이 다음 달부터 무슨 일을 할 거냐고 물었다. 한영주의 거취에 대해 한영주만 빼고 다 아는 듯했다.

"어머, 자기 몰랐어? 박 선생님 대체로 새 계약직 뽑았잖아. 교감 사돈이라던데."

누구도 한영주에게 말해 주지 않았다. 물론 말해 줘야 할 의무는 없었다. 한영주는 5월 말까지 계약했기에, 그때까지만 근무하면 되는 거였으니까. 법적으로 문제 될 건 하나도 없었다. 결국 한영주는 계약직에서마저 밀려났다.

지난달, 교감은 갑자기 감사가 나온다며 동아리 활동 관련

서류 1년치를 작성하라고 했다. 각 동아리 선생님들이 건넨 자료를 한영주에게 전부 정리하라고 했다. 말만 정리이지 문서 전체를 새로 만들어 내야 했다. 한영주는 아무래도 혼자 하기는 힘들 것 같다고 교감에게 말했다.

교감이 중얼대기 시작했다.

"이런 것 하나 못 하면 어떡해? 그래서 언제 정규 되겠어? 사람이 열심히 해야지 말이야. 죽기 살기로 덤벼도 될까 말까 한데. 하여튼 요즘 젊은 사람들 근성이 약해서 탈이라니까. 그러니까 애들이 뭘 배우겠어. 참 나, 나 때는 안 그랬는데, 요즘 젊은 교사들 보면 참 약아빠졌다니까, 뭐 하나 시키면 일 많다고 요리조리 빠져나가기나 하고."

교감의 목소리가 워낙 커서 교무실 전체에 그 말이 다 들렸다.

"직접 하세요, 그럼."

한영주는 머릿속으로 생각하는 걸 입 밖으로 내뱉었다.

"한 선생, 지금 뭐라고 했어?"

교감이 따져 묻는 걸 보고, 한영주는 실수했다는 걸 깨달았다. 그때 죄송해요, 할게요,라고 했어야 했나. 하지만 교감이 다시 말해 보라며 버럭 화를 내기에, "교감 선생님이 직접 하세요."라고 했다. 어차피 근무 기간을 일주일 앞두고 그 기간 안에 할 수 있는 일도 아니었다.

교감은 여느 때와 마찬가지로 화와 설교를 번갈아 가며 해

댔고, 모든 게 귀찮아진 한영주는 교감을 그대로 둔 채 자리로 돌아와 가방을 들고 교무실에서 나왔다. 그게 한영주가 학교를 떠난 마지막 날 벌어진 일이었다. 한영주가 나가고 나서 교감이 한 시간가량 한영주의 욕을 했다는 걸, 알고 싶지 않았지만 이미림이 친절하게 메시지를 보내 알려 주었다.

오후 4시

"잘 있다고. 나 괜찮다고!"

복도로 나온 아인은 전화기에 대고 결국 소리를 지르고 말았다. 오전 체육관 폭발 사건 이후로, 엄마는 더 예민해져서 계속 전화를 걸었다. 그것도 잘 모르는 1학년 후배 전화로. 한아는 불편하다고 말하지 않았지만, 아인의 엄마에게 연락이 올 때마다 하기 싫은 일을 하고 있다는 얼굴이었다.

"엄마, 나 괜찮다고. 이제 그만 좀 전화해."

"걱정되는데 그럼 어떻게 해?"

아인은 할 말이 없었다. 아인이 먼저 전화를 하겠다며, 엄마에게 전화하지 말고 기다리라고 했다.

통화를 끝냈는데, 액정에 메시지가 여러 개 주르륵 와 있다.

— 너희 학교는 좀 당해도 돼.

― 진짜 다 날려 버리고 싶다. 펑!

　일반 문자나 카톡은 아니었다. 다시 읽으려고 하는데, 한아
가 다가왔다.
　"다 쓰셨어요?"
　"어? 어. 여기. 고마워."
　아인은 한아에게 핸드폰을 건넸다. 저 메시지는 무슨 내용
이지? 당해도 된다니.
　복도를 걸어가던 한아는 잠시 멈춰 서서 핸드폰을 만지작
거리더니 다시 걸어가기 시작했다. 아인은 그런 한아의 뒷모
습을 가만히 바라봤다.

오후 5시

　선빈은 순간 멍해졌다. 지금 여기서 무얼 하고 있는 걸까.
가끔 선빈은 영혼과 육체가 분리되는 기분이 들 때가 있다.
선빈 앞에 선빈이 서 있고, 선빈은 자신이 아닌 다른 이가 된
것처럼 자신을 지켜보고 있다. 차선빈, 너 지금 뭐 하고 있니.
　"난 아니야."
　지우는 SNS 계정은 아예 가지고 있지도 않고, 포털 아이디
역시 다른 걸 사용한다며 핸드폰 앱을 열어 보여 주었다.

"그래, 고마워."

선빈은 도서관 의자에서 일어섰다. 지우는 시선을 책이 아닌 선빈에게 두었다.

"넌 정말 우리 중에 범인이 있다고 생각하는 거야?"

"아니."

선빈은 고민하지 않고 대답했다. 지우 역시 선빈이 거짓말하고 있다고 느껴지지 않았다. 선빈의 물음은 너무나 형식적이었으니까. 그냥 시늉만 내고 있다는 표현이 잘 맞을 거다. 진짜 제대로 된 조사를 하고 싶다면, 직접적으로 포털 사이트 아이디가 뭔지, VLZKCB11이라는 아이디를 사용하고 있지는 않은지 물어보지 않을 거다. 어느 범인이 "나 맞아."라고 순순히 자백하겠는가. 게다가 포털 사이트 아이디는 몇 개씩 가지고 있을 수 있어, 아이디를 숨길 수도 있다. 그럼에도 선빈은 직접적으로 그 질문을 했고, 아니라고 하면 더 이상 묻지 않았다.

"그런데 왜 이걸 묻고 다녀?"

"그러게. 나는 왜 그러는 걸까."

질문을 질문으로 받은 후 선빈은 도서관 문을 열고 나왔다. 선빈은 복도에서 재준과 마주쳤다.

"그래서 좀 진전은 있어요?"

"아니. 도저히 못 찾겠어."

선빈은 양어깨를 위로 들어 올린 후 말했다.

"없는 사람을 어떻게 찾겠어."

"경찰도 진짜 웃겨요. 왜 우리를 의심하는 거야? 지금 누구보다 보호를 받아야 하는 사람들이 우리 아녜요? 그런데 왜 의심을 받아야 해요?"

재준이 허탈하다는 표정을 짓더니 씩 미소를 지었다.

"이제야 형을 조금 알 것 같아요."

"내가 어떤데?"

"착한 사람은 아니야. 형은 여기 있는 사람들한테 이르고 싶은 거잖아요. 지금 경찰이 우리를 지키지 않고, 우리를 의심하고 있다는 걸요. 혼자만 알고 있기 싫은 거잖아요. 그래서 직접 묻고 다니는 거고요."

"아닌데. 돌려서 물어보는 것보다 직접 묻는 게 빠를 것 같아서 그렇게 물어보는 건데."

"형, 나는 키가 크니까요. 보고 싶지 않아도 보이는 게 너무 많아요."

재준이 그 말을 하고는 교무실로 들어갔다. 창문으로 교무실 안을 들여다보니 교무실에는 주리가 있었다. 아직 주리에게는 물어보지 못했다.

선빈은 교무실을 지나 교장실로 갔다. 문을 열기 전부터 음악 소리가 복도까지 흘러나왔다.

"왜? 이제 나가도 된대?"

소파에 누워 있던 진성이 선빈을 보고는 몸을 반쯤 일으켰다.

“아니.”

선빈은 진성의 맞은편에 앉았다. 그리고 다른 아이들에게 물었던 질문을 똑같이 했다.

“너도 지금 나를 의심하는 거냐?”

진성이 허리를 똑바로 세워 바로 앉았다.

“아니. 그냥 묻는 거야. 너한테만 묻는 게 아니라고. 다른 아이들도 다 물어봤어. 혹시 SNS에 글 올렸어?”

“아니.”

“그럼 수요일에 학교엔 왜 왔어?”

“너는 왜 왔는데?”

“나는 신문 만들어야 해서.”

“다른 애들은?”

“다 이유가 있어.”

“그게 뭔데? 뭔 사정인데?”

진성이 꼬치꼬치 물었다.

“주리랑 아인이는 체육복 찾으러 왔고, 지우는 도서관에 왔다고 했잖아. 1학년 애들은 수련회 안 가서 원래 학교에 있었던 거고.”

“그럼 한영주 쌤은?”

“택배 찾으러 왔대. 너는 박람회 끝나고 왜 학교로 온 거야?”

“그래서 내가 범인이라는 거야? 아, 억울해. 아, 말도 안 돼.

아, 씨발. 아, 씨발!"

진성은 렉에 걸린 것처럼 버벅대며 계속 씨발, 이 말만 내뱉었다. 선빈은 진성의 흥분이 가라앉을 때까지 기다렸다. 그런데 선빈의 그런 태도가 진성을 더 자극했다. 시간을 줄 테니 자백을 하라는 식으로 진성에게는 해석이 되었다.

진성은 자신이 범인으로 몰리는 기분이 들었다. 기분이 상했고, 억울했고, 화가 났다. 진성이 소파에서 벌떡 일어났다. 하지만 이때까지도 선빈은 별로 놀라지 않았다. 단순히 진성이 화가 풀릴 때까지 조금 더 기다려야겠구나 싶었다. 그런데 예기치 않은 일이 벌어졌다.

"진짜 나 아니라고."

이번에는 욕을 하지 않았다. 진성은 문을 열고 나갔다. 상황을 파악하지 못한 선빈은 그대로 소파에 앉아 있었다. 옆 교무실에서 누군가 소리를 지르는 것 같은데, 내용은 들리지 않았다.

"나 아니라고!"

교무실에 있던 한영주와 아이들은 갑작스러운 진성의 등장에 어리둥절했다. 진성은 그 한마디를 내뱉고는 교무실 문을 열어 둔 채 복도를 저벅저벅 걸어가기 시작했다. 뒤늦게 교장실에서 나온 선빈은 진성을 따라갔다.

진성은 본관의 현관문을 열고 나갔다. 선빈이 뒤에서 진성의 팔을 잡았다.

"어디 가는 거야?"

"내가 저길 지나갈게. 씨, 내가 폭탄 맞아 죽으면 되잖아."

진성이 교문을 가리키며 말했다.

"왜 그래? 흥분 좀 하지 마."

선빈은 진성의 팔을 다시 움켜잡았다. 진성은 선빈을 밀쳤고, 선빈이 빗물에 미끄러져 넘어졌다. 진성이 운동장 쪽으로 달리기 시작했다. 교무실에서 바깥을 내다보고 있던 재준이 달려 나왔다.

"쟤 잡아!"

재준이 진성을 향해 달리기 시작했고, 선빈도 일어나서 재준을 뒤따랐다. 둘은 각자 진성의 팔을 뒤에서 잡았다. 진성이 놓으라고 소리를 질렀다.

"내가 범인이라며? 씨, 그럼 내가 죽을게. 씨, 그럼 되잖아."

진성은 꽤 힘이 셌고, 진성을 붙잡고 있는 선빈과 재준이 진성에게 질질 끌려가는 모양새가 되었다. 진성은 계속 씩씩대며 앞으로 걸어 나갔다.

"이 형 힘 너무 세요. 어떡해요?"

재준이 더 이상은 못 잡고 있겠다고 했다. 비는 계속 오고 있고, 운동장이 몹시 질퍽하여 발을 떼는 게 쉽지 않았다. 게다가 진성이 팔을 마구 휘두르는 바람에 더 붙잡고 있는 게 어려웠다. 선빈은 기운이 빠져서 붙잡고 있던 진성의 오른팔을 놓았다. 그리고 주먹으로 진성의 얼굴을 때렸다.

진성이 바닥으로 쓰러졌다. 선빈은 버럭 소리를 질렀다.

"정신 차려, 이 새끼야. 너 정말 죽고 싶어? 너 죽는 게 뭔지 나 알아?"

진성은 대사를 뺏긴 연극배우처럼 순간 넋을 잃고 선빈을 바라보았다. 당황한 건 진성뿐만이 아니다. 재준 역시 선빈이 화내는 건 처음 본다.

셋 중 먼저 정신을 차린 건 재준이다. 재준은 진성의 어깨에 팔을 둘렀다.

"빨리 잡아요."

선빈은 재준이 시키는 대로 진성을 다시 붙잡았다. 진성의 옷은 흙탕물에 젖어 엉망이었고, 재준과 선빈 옷에도 옮겨 묻었다. 선빈과 재준은 진성을 돌려세운 후, 진성을 끌고 다시 본관 쪽으로 갔다.

오후 6시

한영주를 비롯한 나머지 아이들도 따라 나와 진성의 소동을 지켜보았다. 선빈과 재준이 진성의 양팔을 꽉 잡고 본관으로 들어오는 것을 본 후에야 한영주는 돌아섰다. 선빈 쪽을 따라가 봐야 하나 잠시 고민하다가 그만두었다. 자기들끼리 치고받았으니 알아서 해결하겠지. 한영주가 나선다고 나아질

170

건 없다.

"그만 들어가자."

한영주가 시키는 대로 여자아이들도 교무실로 향했다. 교무실로 돌아온 한영주는 경찰에게 먼저 연락을 할까 싶어서 핸드폰을 들었다. 자신을 의심한 건 불쾌하지만, 진행 상황이 궁금했다.

통화 버튼을 누르려고 하는데, 아인이 다가왔다.

"저기, 선생님."

"응?"

"드릴 말씀이 있는데."

"뭔데?"

아인은 입을 꾹 다물었다. 여기에서 이야기하기 곤란하다는 얼굴이다. 한영주는 아인을 데리고 2층 상담실로 갔다. 문을 닫으니 조용하다.

"무슨 일인데?"

"제가 좀 이상한 걸 봐서요."

아인은 망설이다가 한아 핸드폰에서 본 메시지에 대해 이야기했다.

"정확한 건 아닌데 좀 이상해요. 뭐 친구랑 장난으로 주고받을 수 있긴 한데 만약 그게 아니면 어쩌죠?"

아까 선빈은 아인에게 SNS에 글을 올리지 않았냐고 물었다. SNS 아이디와 같은 메일 아이디를 사용하는 사람이 지금 학교에 있다고 했다. 선빈 이야길 듣고 나니 찝찝했다.

"IP 접속지가 학교라면서요."

한영주는 그간 한아의 모습을 떠올렸다. 수요일 저녁, 한영주가 교무실에서 경찰의 전화를 처음 받았을 때, 한아도 같이 교무실에 있었다. 그러고 보니 한아는 1학년 담당이 아닌 3학년 담임인 임재은 선생을 찾았다. 정말로 임재은 선생님을 찾으러 온 게 맞을까? 한아는 다른 아이들에 비해 별로 겁을 먹은 것 같지도 않았다. 뭐 생각해 보면 그건 지우도 마찬가지다. 이상하다면 이상하지만, 문제 삼지 않으면 문제가 안 될 것들이다.

"내가 한번 알아볼게."

한영주는 아인을 데리고 상담실에서 나왔다. 이걸 경찰에게 말해야 할지 말지 고민이다. 3일이나 되었는데 제대로 구조도 하지 못하고, 범인도 찾지 못하고, 오히려 학교에 갇힌 사람들을 범인으로 모는 경찰에게 무슨 기대를 할 수 있을까.

한영주가 1층으로 내려오는데, 보건실 문이 열리면서 재준이 나왔다.

"진성 형이 배고프다고 해서요. 매점 좀 다녀올게요."

한영주는 그러라고 했고, 재준은 긴 팔을 휘휘 저으며 복도를 걸어갔다.

선빈은 진성을 데리고 보건실로 왔다. 진성의 입술이 찢어

172

져 피가 났다. 진성이 괜찮다고 했지만 선빈은 진성을 잡아끌었다. 진성은 더는 고집을 부리지 않고 선빈을 따라왔다. 그러고는 갑자기 배가 고프다고 화를 냈다. 재준이 매점에 다녀오겠다며 나갔다.

선빈은 약상자를 열어 소독약이랑 솜을 꺼냈다. 집게로 집은 솜에 소독약을 충분히 적신 후, 진성의 입술에 갖다 댔다. 진성이 쓰린지 아아, 하고 신음을 냈다.

"미안하다."

선빈의 사과에 진성이 어이없다는 듯 피식하고 웃었다.

"재수 없는 새끼."

선빈은 그 말에 아랑곳하지 않고 이번엔 연고를 짜서 진성의 입술에 발랐다.

"나는 네가 안 좋거든. 근데 싫지도 않아."

진성의 말에 선빈은 아무 대꾸도 하지 않았다.

"그게 네가 원하는 거잖아. 넌 누군가가 좋아해 주는 걸 바라지도 않고, 미움 받기도 싫어해."

"다들 그렇지 않나?"

선빈은 혼잣말을 하듯 그 말을 내뱉었다.

"아니. 대부분 자길 좋아해 주길 바라지. 근데 넌 아냐. 넌 미움 받기 싫어해서 시키는 일을 잘하는 것뿐이야. 너는 다른 사람들이 널 좋아하는 걸 바라지 않잖아."

선빈은 약품을 정리하다가 잠깐 멈칫했다.

"내가 너무 정확해서 놀랐냐? 뭐 고장 난 시계도 하루에 두 번은 맞는다잖아."

진성은 킬킬대고 소리 내서 웃었다. 다 웃었는지 진성이 툭 하고 한마디 내뱉었다.

"핸드폰 찾으려고."

선빈은 진성이 무슨 말을 하는지 몰랐다. 뜬금없이 핸드폰이라니.

"아까 수요일에 왜 왔냐고 물었잖아. 씨. 새로 온 국어가 수업 시간에 핸드폰 좀 봤다고 뺏어 갔거든."

"네 걸?"

"그래, 내 걸 압수해 갔다고."

선빈이 어이없다는 듯 웃었고, 진성도 따라서 웃었다. 한영주 후임으로 온 국어가 눈치가 없다고 아이들이 이야기하는 걸 선빈도 듣긴 했다. 다른 선생님이었다면 위진성이 무얼 해도 못 본 척했을 거다.

"교무실 책상 서랍을 열었더니 있더라고. 그래서 가지고 나오는 길에 이런 일이 생긴 거야."

진성은 아까 부모에게 핸드폰 압수당한 이야기를 하지 않았다. 아빠가 알면 괜히 잔소리만 해 댈 거다. 왜 수업 시간에 핸드폰을 봤냐며 지겹도록 구박을 하겠지. 일이 터지고 난 다음에 부모들은 왜 그걸 이제야 말하느냐고 화를 낸다. 하지만 일이 터지기 전에 말하면 왜 그런 일을 벌였냐고 화를 낸다.

이러나저러나 화를 낸다면, 가장 좋은 건 부모가 모르게 지나가는 것이다.

"나 아니야. 내가 미친놈이긴 해도 이 정도 일은 못 해. 아니, 안 한다고."

진성이 답답해하며 말했다.

"나도 너일 거라고 생각 안 해. 그냥 경찰이 시켜서 물었던 거야. 너한테만 물었던 것도 아니고."

"씨. 괜히 오버했네."

진성이 크크 소리 내며 웃었다. 예전에는 그 웃음소리가 너무 이질적이라 듣기 거슬렸는데, 지금은 괜찮다. 재준의 말대로 진성은 조금 정상인지도 모른다. 아까 재준이 진성에 대해 말했다.

"형, 진성 형 정상 같기도 해요. 욕만 좀 덜 하면 나을 텐데. 근데 그 씨발이 제발처럼 들리기도 해요. 그 형이 욕하는 걸 제발로 바꿔도 자연스럽지 않아요?"

그래, 위진성은 멀쩡한 아이일지도 모른다. 오히려 멀쩡하지 않은 건 선빈 자신이다.

"나, 사람을 죽였다."

진성은 푸후, 하고 웃었지만, 선빈의 진지한 태도에 웃음을 거뒀다. 선빈은 쓸데없는 농담을 할 사람이 아니다.

"누굴, 죽였는데?"

"친구."

선빈은 그 말을 한 후 침을 꿀꺽 삼켰다.

'그래, 인정하면 되잖아. 그러니까 제발 그만 좀 찾아와. 내가 널 죽였어. 내가 일부러 그런 건 아니잖아. 나도 그렇게 될 줄 몰랐다고. 알잖아, 너도? 그러면 내가 어떡해야 했는데? 씨발.'

선빈은 양손으로 머리카락을 잡아 뜯은 후 고개를 숙였다. 눈을 감아도 건우가 보인다.

선빈은 건우와 중학교 2학년 때 같은 반이었다. 처음부터 아이들이 건우를 싫어한 건 아니다. 아니, 오히려 건우는 인기가 많았다. 건우는 반 분위기를 주도하는 아이였으니까. 체육 수업 후에 책상 위에 엎드려 누운 걸 두고 선생님이 혼을 내면, 건우는 "선생님, 좀 쉬었다 가요. 지금은 쉬는 타임!" 하고 밉지 않게 애교를 부렸다. 옆 반과의 축구 시합에서 지면, "괜찮아. 다음에 잘하면 되지." 하고 반 아이들을 격려했다. 반장 선빈이 해야 할 역할을 건우가 대신했다.

건우는 제 삼촌이 사장으로 있는 게임 회사의 게임 아이템을 아이들에게 나눠 주기도 했고, 먹을 것도 잘 사 주었다. 친척 중에 유명 연예인 기획사 대표도 있었다. 반 아이들은 빵빵한 집 놈이라며 건우를 부러워했다. 배가 고프거나 뭐 소소하게 필요한 게 있으면 아이들은 "야, 건우한테 말해."라고 말했다. 건우는 뭐든 잘 사 주었다.

그런데 이상한 이야기가 돌기 시작했다. 건우가 삼촌이라고 하는 게임 회사 대표와 건우의 성이 달랐다.

"야, 건우는 한씨인데 왜 대표는 방씨야?"

"외삼촌인가 보지."

"멍충아. 아빠 동생이라고 했잖아."

"그러게. 이상하네."

그 이후로 아이들은 다른 것들에도 의심을 품기 시작했다. 건우는 자기 집이 80평이라고 했는데, 건우가 사는 아파트의 가장 큰 평수는 50평이었다.

"그런데 건우네 집에 가 본 애 있냐?"

"없는데."

"뭐야. 그럼 걔네 아빠 차 본 사람은?"

"없어."

"그럼 걔네 아빠 S대 국문과 교수 맞긴 한가?"

"와, 대박. S대 국문과에 한씨 성을 가진 교수 없어!"

어느 날, 수업이 끝나고 아이들이 건우를 둘러쌌다. 아이들은 건우에게 자신들이 의심했던 것들을 하나씩 묻기 시작했다. 선빈은 제 자리에서 멀찍이 지켜봤다. 건우는 아무 말도 하지 않았다. 차라리 "그걸 믿었어? 장난인데, 헤헤." 하고 웃었다면 어땠을까. 그러면 아이들도 "아오, 이 뻥쟁이." 하고 같이 웃었을까. 하지만 건우는 그러지 않았고, 아이들도 그러지 않았다. 건우는 아무 말도 하지 않은 채 교실을 나가 버렸다.

가방도 챙기지 않은 채 말이다.

다음 날, 건우는 학교에 오지 않았다. 그다음 날도 오지 않았다. 건우가 결석을 하자, 아이들은 "우리가 좀 심했나?" 하는 이야기를 주고받기도 했다. 건우의 결석은 일주일 넘게 이어졌고, 종례 시간에 담임이 잔뜩 화가 나서 들어왔다.

"너희 건우 돈 뺏었니? 그동안 건우가 엄마 돈도 훔치고, 집에 있는 금과 예물도 팔았대. 니들이 가져오지 않으면 가만두지 않겠다고 협박했다며?"

아이들은 너무나 어이가 없었다. 그런 적 없다고, 건우가 줘서 받았을 뿐이고, 사 줘서 먹었다고 말했다. 거짓말을 한 건 오히려 건우라고 했지만 선생님은 "그만!" 하고 버럭 소리를 질렀다.

"너희들이 무서워서 학교 못 나오겠대. 앞으로 조심해! 건우 건드리는 애들 있으면 선생님이 가만 안 둘 거야."

건우는 학교에 다시 나왔다. 건우에게 말을 거는 아이들은 아무도 없었다. 건우를 아예 쳐다보지도 않았다. 대놓고 없는 사람 취급했다. 다들 건우에게 단단히 화가 난 상태였다. 건우가 무슨 말을 하면, "또 뭐래." 하고 아이들끼리 비웃었다. 건우는 입을 닫았다.

하루는 선빈이 선생님의 심부름을 하고 늦게까지 학교에 머문 적이 있었다. 공부방에 가야 하는데 시간이 촉박했다. 가방을 가지러 서둘러 교실로 갔는데, 건우가 선빈을 기다리고 있었다.

"선빈아, 아이들 좀 어떻게 해 줄 수 없을까?"

"그러게 왜 그랬냐?"

"아이들한테 말 좀 해 줘. 내가 일부러 그런 거 아니라고. 엄마가 자꾸 다그쳐서 어쩔 수 없었어."

"너는 진실이 있긴 해?"

건우는 아무 대답도 하지 않았다. 당장이라도 울 것처럼 얼굴을 찡그리기만 했다.

"내가 말한다고 뭐 달라지겠어?"

"나 너무 힘들어. 죽고 싶다고."

공부방 수업 시작 시간이 얼마 남지 않았다. 지각을 해서는 안 되기에, 선빈은 건우를 두고 먼저 교실에서 나왔다. 그리고 그날 저녁 건우가 교통사고를 당했다. 빨간불에 길을 건너다가 졸음운전을 하는 화물차에 치였다. 건우는 없는 사람이 아니라, 진짜로 없어져 버렸다. 선빈은 누구에게도 건우와 그날 교실에서 이야기를 나누었다는 걸 말하지 못했다.

건우는 사고를 당한 게 맞을까. 만약 선빈이 "괜찮아질 거야."라는 말 한마디를 했다면 건우는 사고를 당하지 않았을까. 그날 이후로 선빈은 악몽에 시달렸다. 꿈에 커다란 곰이 나타나면 선빈은 도망치다가 힘이 빠져 버려 죽은 척 엎드려 있다.

'사실 나는 건우를 미워했던 게 아닐까. 반장도 아니면서 반장인 척 굴었던 걸 못마땅해했을지도. 그래서 건우를 돕지 않

았던 건가?'

"너는 나를 모른 척했지. 나를 죽인 건 너야."

곰의 모습을 한 건우가 찾아와 말을 한다. 귀를 막아도 들리고, 눈을 감아도 보인다.

선빈의 얼굴이 일그러졌다.

"그때 내가 모른 척하지 않았다면 건우가 죽지 않았을 거야."

오후 8시

경찰에게 다시 연락이 온 건 늦은 저녁이다. 이번에는 선빈이 아닌 한영주에게 연락이 왔다. 한영주는 경찰이 자신을 의심했다는 사실에 기분이 좋지 않아 편히 전화를 받을 수는 없었다.

"협박 글을 올린 아이디와 같은 아이디를 쓰는 메일 계정이 있어요."

"네. 들었어요. 저를 의심하셨다면서요?"

"뭐 가능성을 넓게 열어 둔 거죠."

이동일 경사는 조금도 미안한 기색이 없었다.

"어쨌든 인터넷 포털 아이디의 주인이 밝혀졌어요!"

"그게 누군데요?"

180

"거기 1학년에 이한아 학생 있죠? 그 애예요."

"네?"

한영주는 한아를 찾았다. 한아는 빈 책상 앞에 앉아 컴퓨터를 하는 중이었다.

"그 애가 서진주 사촌 동생이더라고요."

어디서 들어 본 이름인데 곧바로 생각이 나지 않았다. 서진주가 누구였지?

"왜 현진고에서 3년 전에 자살한 애 있잖아요."

기억이 났다. 한영주가 현진고에 온 첫해에 일어난 일이다.

학생들만 교사의 뒷담화를 하는 건 아니다. 교사들도 모이면 끊임없이 학생들의 이야기를 했다.

"아, 진짜 그 반 수업은 들어가기 싫은데."

"걔는 그냥 무시해. 잘못 건드리면 부모가 찾아온다니까."

"나중에 3반 반장 같은 자식 낳아야 하는데."

학생이 교사를 좋아하고 싫어하듯, 교사들에게도 호감 가는 학생과 그렇지 못한 학생이 있다. 교사들의 이야기를 들으며, 한영주는 학창 시절에 어떻게 호명되었을까 궁금했다. 한영주는 딱히 문제를 일으키는 학생은 아니었기에 별 언급이 되지 않았을 거다.

"그래서 우리보고 어쩌라는 거야?"

하루는 이미림이 책상에 교무수첩을 소리 나게 던지며 말했다. 서진주는 이미림네 반이었다. 당시 이미림의 책상과 한영주의 책상이 바로 붙어 있었기에, 한영주는 이미림의 이야기를 자주 들었다.

"우리가 해 줄 수 있는 게 뭐가 있다고."

이미림은 답답함을 토로했다. 경찰에서도 해결하지 못한 걸 어떻게 자신들이 할 수 있느냐는 원망도 섞여 있었다.

서진주는 1학년 때 같은 반인 유성진이란 남학생과 사귀었다. 5개월이 조금 넘는 기간이었다. 2학년이 되며 둘은 다른 반이 되었고, 둘은 몇 번 다투다가 결국 헤어졌다. 그런데 2학년 남자아이들 사이에서 동영상 하나가 돌아다니기 시작했다. 얼굴과 목소리는 나오지 않는 섹스 동영상이었다. 동영상 이름은 '펄섹'으로 진주의 이름을 딴 거였다. 남자아이들 사이에 돌아다니던 동영상이 여자아이들에게까지 퍼졌다. 진주의 친구는 결국 진주를 불러 말을 했다.

"이게, 너래."

그제야 서진주는 왜 알지도 못하는 아이들이 자신을 보며 킬킬대며 웃었는지 그 이유를 알게 되었다. 서진주는 부들부들 떨며 유성진을 찾아갔다. 이게 도대체 뭐냐고. 성진은 자신도 모른다고 대답했다.

"네가 몰래 찍은 거야?"

진주는 당장이라도 쓰러질 것 같았지만 간신히 정신을 부여잡고 성진에게 물었다.

"아니. 내가 그걸 왜 찍었겠어?"

"그런데 왜 이게 우리라며 돌아다니는 거야?"

"나야 모르지."

성진은 너무나 태연하게 대답했다. 진주는 구역질을 참으며 동영상을 보고 또 봤다. 영상 속에 얼굴은 나오지 않았다. 자세히 봐도 이게 자신인지 아닌지 알 수 없었다. 만약 성진이 몰래 찍은 거라면? 그런데 동영상 속 인물은 두 명인데, 문제가 되는 이는 진주 혼자였다.

진주는 발가벗고 돌아다니는 기분이 들었다. 이대로 두면 안 될 것 같아, 고민 끝에 엄마와 아빠에게 말을 했다. 이건 분명한 폭력이다. 학교에 알리고, 경찰에도 신고했다. 조사 결과 처음 동영상을 단톡방에 올린 건 성진이 맞았다. 하지만 성진이 직접 찍은 게 아닌 인터넷에 돌아다니는 동영상이었다. 단톡방에서 '이게 서진주임?', '대박.', '장난 아니네.'라는 말들이 쉴 새 없이 오갔다. 성진은 동영상을 올렸을 뿐, 서진주가 맞다 아니다,라는 말은 하지 않았다. 그렇기에 성진은 자신은 아무 잘못이 없다고 항변했다. 경찰에서도 성진에게 처벌을 내릴 수가 없다고 했다. 진주와 부모는 그러면 학교에서라도 성진과 그 동영상에 대한 루머를 퍼트린 아이들에 대한 처벌을 해 달라고 요청했다.

"아이들 단톡방까지 학교가 어떻게 관여를 해요. 그리고 애초에 둘이 사귀었기 때문에 이런 일이 생긴 거잖아요. 학교가 학생들 연애까지 책임져야 하나요?"

학교는 공식적으로 해 줄 수 있는 게 없다고 했다. 시간이 지나면 다 잊힐 거라고, 기다리라고만 했다. 전학을 가는 것도 쉽지 않았다.

서진주는 자주 결석했다. 학교를 자퇴해야 하는 건가 아닌가 진주의 부모는 고민했다. 그러던 중 일이 일어났다. 진주는 오랜만에 학교에 등교했고, 학교 옥상에서 뛰어내렸다. 유서는 없었다. 성진과 아이들은 졸업을 했고, 대학을 갔고, 학교는 서진주를 잊었다. 정말로 시간이 지나니 다 잊혀졌다. 다만 서진주만 세상에 없을 뿐이다.

한영주는 전화를 끊은 후 한아에게 다가갔다.

"VLZKCB11, 이거 네 메일 아이디야?"

한아는 물끄러미 한영주를 바라본 후 천천히 고개를 끄덕였다. 한영주는 다른 질문을 했다.

"서진주가 네 사촌 언니니?"

한아는 당장이라도 울 것 같은 얼굴로 침을 한 번 꿀꺽 삼킨 후 "네."라고 대답했다.

오후 9시

빗줄기가 가늘어졌다.

2학년 3반 빈 교실에 두 아이가 앉아 있다. 한 명은 1분단 중간에, 또 한 명은 4분단 중간에. 둘은 멀찌감치 앉아서 각자 앞을 보고 있다.

"교실, 생각보다 작다."

먼저 말을 꺼낸 건 주리다. 폭발 사건 이후로 함께 교무실에 있었지만 서로가 데면데면 있었다.

"난 애들이 너무 많아서 산소가 부족한 줄 알았는데, 그게 아닌가 봐."

아인은 주리가 무슨 말을 하는지 이해가 가지 않았다.

"웬 산소?"

"교실만 들어오면 답답했거든. 숨이 제대로 안 쉬어진다고 나 할까. 코가 막힌 기분도 들고, 어떨 때는 물속에서 잠수하는 것 같기도 했어. 넌 안 그래?"

"난 졸려서 그런 줄 알았지."

"그래. 네가 많이 졸긴 했어."

주리가 큭큭 웃으면서 말했고, 아인도 따라 웃었다. 아인은 수업 시간에 자주 졸았다. 안 졸려고 해도 수업을 듣다 보면 저도 모르게 졸았고, 짝꿍들이 툭툭 치며 깨워 주었다. 한번은 벌떡 일어나 "네!" 하고 대답을 하는 바람에, 졸았다는 걸 다 들키기도 했다.

"난 어제 네가 안 보이기에 학교에서 또 길을 잃었나 했어."

"두 번은 그러지 말아야지."

아인이 작년 일을 떠올리며 대답했다. 작년 1학기 말이었다. 아인은 5층 과학실에 두고 온 필통을 찾기 위해 쉬는 시간에 홀로 나갔다. 다행히 과학실에는 필통이 그대로 있었다. 필통을 들고 3층 교실을 찾아서 내려왔는데 1학년 4반 교실은 나오지 않고, 3학년 교실만 있었다. 도대체 1학년 교실은 어디로 사라진 걸까? 왜 3학년 교실만 있는 거지? 아인은 토끼굴에 빠진 엘리스가 된 것 같았다. 계속 복도를 왔다 갔다 했다. 혹시 누가 장난을 친 건가? 숫자 1을 3으로 바꾸어 놓은 걸까? 아인은 복도 창문으로 3학년 4반 교실을 들여다봤다. 다 모르는 아이들이다. 그때 3학년 3반 교실 문이 열리며 선생님이 나왔다.

"너 거기서 뭐 하니?"

"교실이 없어졌어요."

"뭐? 너 몇 학년인데?"

"저 1학년이요."

"1학년 교실은 저쪽으로 죽 돌면 나오잖아."

선생님은 왼편 복도 끝을 가리키며 말했다. 아인은 인사를 꾸벅하고, 선생님이 시키는 대로 왼쪽 끝까지 걸어갔다. 그곳에는 정말 코너가 있었고, 거길 돌고 나니 1학년 교실이 주르륵 나타났다. 아인은 분명히 아까 여기에 왔었다. 그때는 아무것도 없었는데. 아인은 이상하긴 했지만, 1학년 교실을 찾아서 다행이라고 생각하고 자기 반 교실로 달려갔다. 고작 10여분을 헤맸지만, 아인은 그 시간이 너무 무서웠다.

"그때 선생님이 너한테 거짓말하지 말라고 했잖아."

"응. 엄청 혼났지. 학교에서 길을 잃는 학생이 어딨냐고 말이야."

"근데 나는 믿었어. 너라면 그럴 수 있을 테니까."

현진고는 'ㄷ'자 건물이라 처음 방문하는 사람들은 헷갈려한다. 그런데 재학 중인 학생이 헷갈리는 경우는 없었다. 그날 주리는 아인이 귀엽다고 생각했다.

"우리, 왜 이렇게 된 걸까."

주리는 혼잣말을 하듯 중얼거렸다. 주리는 학교에 갇혀 나가지 못하는 것보다 아인과 어긋난 게 더 싫었다.

"너랑 나, 친구 아니었던 거야?"

주리의 물음에 아인은 아무 대답도 하지 않았다. 주리는 아인을 친구라고 생각했고, 아인도 당연히 그런 줄 알았다. 하지만 아닐 수도 있다.

유치원을 다닐 때, 엄마 아빠 놀이를 한다. 당연히 엄마, 아빠가 아니다. 아이들이 여보, 당신 하면서 엄마, 아빠 역할을 맡아 한다. 주리와 아인도 그랬던 걸까? 서로가 친구 역할을 맡아 친구인 척했던 것뿐일까. 어쩌면 다들 그렇게 지내는 건가. 아웃사이더로 지내고 싶지 않으니까 친구의 가면을 쓰고 연기를 하나.

"주리야, 너랑 있으면 내가 형편없는 사람이 돼."

"네가 왜?"

"누군가를 미워하는 것만큼 형편없는 일이 또 뭐가 있겠어."

아인의 말투에 씁쓸함이 배어 있다.

"근데……. 나는 네가 좋았어."

주리는 어렵게 진심을 털어놓았다.

"그러니까. 그래서 내가 더 형편없어졌어. 나도 네가 항상 미웠던 건 아니야. 좋을 때도 많았어."

아인이 느릿느릿 그 말을 했다.

주리는 윗니로 아랫입술을 꽉 깨물었다. 내가 좋아하는 사람이 나를 좋아하지 않을 수도 있다. 나를 좋아하는 사람을 내가 좋아하지 않을 수도 있다.

주리도 알고 있다. 하지만 이 사실을 다시 한번 깨달을 때마다 몹시 마음이 아팠다. 앞으로 아인과 어떻게 될지 모르겠다. 별일 아닌 듯 다시 함께 지낼 수도 있고, 2m 밖에서 서로의 영역을 침범하지 않으며 지낼 수도 있다. 내일의 관계를 모르는 건 아인도 마찬가지일 것이다. 그래서 주리는 다른 질문을 했다.

"비 그쳤네. 이제 우리 나갈 수 있을까?"

"그러길 바라야지."

달빛이 교실 안으로 서서히 들어오기 시작했다. 달빛이 아주 밝다. 오늘이 보름이라고 했다.

주리와 아인은 자리에 그대로 앉은 채 고개를 돌려 창밖을 바라보았다. 교실 안에서는 달이 보이지 않는다. 그래도 둘은 눈을 감았다. 그리고 마음속으로 소원을 빌었다.

오후 10시

한영주는 한아를 데리고 교무실에서 나왔다. 어디를 갈까 하다가 2층 상담실로 왔다.

"SNS에 글을 올린 것도 너니?"

"학교는요. 언니를 지켜 주지 않았어요. 학교가 언니를 죽였다고요. 아무것도 해 주지 않았어요. 학생을 보호해야죠. 학교라면, 선생님이라면 그랬어야 했잖아요."

한아가 울음을 터트리며 말했다.

"학교 따위 없어져 버렸으면 좋겠어요. 정말 다 폭파해 버리고 싶어요."

한영주는 아무 말도 하지 못했다.

미안하다고 대신 사과를 해야 하는지도 모른다. 하지만 한영주에게 그럴 자격이 있을까. 그 당시 한영주 역시 학교의 입장에 동의했다.

도대체 학교란 무엇인가. 왜 사람들은 학교에 다녀야 하는가. 학생을 지키지 못하는 학교를 과연 학교라고 할 수 있을까. 여러 가지 물음이 한영주의 머릿속을 가득 채웠지만 쉽게 답이 나오지 않았다.

"근데요, 선생님. SNS에 올린 건 제가 아녜요."

하교

오전 0시

폭탄 경보가 해제되었다. SNS에 올라온 글은 모두 지워졌고(강제 삭제가 아닌, 작성자가 지운 것으로 파악되었다), 폭탄 감식반이 조사한 결과 아무 문제 없다는 결론이 나왔다. 경찰이 먼저 학교 안으로 들어왔다.

"이제 나가도 됩니다. 어디 아프거나 불편한 사람 있으세요?"

경찰이 명단에 있는 아이들 이름을 부르며 한 사람씩 챙겼다. 운동장에는 경찰차뿐만 아니라, 구급차도 몇 대 들어와 있다. 아이들이 현관을 나올 때마다 부모들이 이름을 부르며 달려왔다.

"우선 병원에 가서 검사를 해야 돼요."

이제까지 괜찮았는데, 막상 부모를 보니 서러움과 안도감이 몰려와 몇몇 아이들은 울음을 터트렸다. 주리는 "아빠!" 하고 소리쳤고, 아인은 다리에 힘이 풀려 주저앉을 뻔했다. 한아와 지우는 부모에게 먼저 "괜찮아."라고 말했다. 선빈의 부모는 다행이라고 몇 번 이야기했다. 재준의 엄마는 참고 있던 눈물을 다시 터트렸다.

"엄마, 나 잘 있었어. 밥도 잘 먹었다고. 왜 울어. 나 괜찮다니까."

"알아. 안다고."

"그만 좀 우세요, 최 여사."

재준은 엄마를 꽉 안아 주었다. 이젠 키뿐만 아니라, 덩치도 많이 커서 엄마를 안고 위로해 줄 수 있었다.

"이 새꺄, 다친 데 없어?"

진성의 아빠가 경찰을 밀친 후 진성에게 다가와 진성의 팔을 잡았다.

"나 아니라고 했지?"

"지금 그게 중요해? 아이고, 이 화상!"

진성의 아빠는 혹시 다친 곳은 없는지 진성의 얼굴과 손과 발을 살폈다.

"아이들은 모두 무사해요."

대기 중인 구급차에 오르기까지 한참의 시간이 걸렸다.

구급차 두 대에 나뉘어 아이들과 한영주가 탔다. 아인, 주리, 한아, 지우, 한영주가 1호차에 탔고, 진성과 선빈, 재준이 2호차에 탔다. 부모들에게는 병원으로 찾아오라고 안내했다.

　구급차 안은 조용하다. 한영주는 아이들을 둘러보았다. 다들 천천히 안도의 숨을 내쉬고 있다.

　"고생했어."

　한영주는 그 말을 한 후, 자신의 옆에 있는 한아의 손을 살며시 잡았다.

　"근데 진짜 폭탄 없는 거 맞아요?"

　병원으로 향하던 2호차 안에서 진성이 물었다. 경찰은 안심하라고, 그러니까 학교 안으로 들어가지 않았겠느냐고 대답했다.

　"내일은 학교 안 올 거야."

　진성이 다짐하듯 말했다. 학교에서 보낸 3일의 시간은 그 어느 때보다 길게 느껴졌다.

　"형, 내일 일요일이에요."

　재준이 대꾸했고, 다시 진성이 소리쳤다.

　"아, 씨발!"

오후 11시

한아는 잠이 오지 않았다. 물을 마시기 위해 방에서 나왔는데, 엄마가 소파에 앉아 있다.

"왜? 어디 아파?"

"아니. 그냥 물 마시려고."

한아는 정수기에서 물을 받아 한 모금 마셨다. 오전 중에 병원 검사가 다 끝나 오후 2시쯤 집으로 돌아왔다.

"저기 엄마."

"응?"

"혹시 수빈이한테 연락 안 왔어?"

"응. 수빈이는 왜?"

"아니, 그냥. 둘째 이모도 나 학교에서 나온 거 아나 싶어서."

"당연히 알지. 엄마가 바로 전화해서 말했어. 이모들이 얼마나 네 걱정 했는지 몰라."

"나 잘게. 엄마도 그만 자."

한아는 방으로 들어왔다.

메시지 앱을 열어 수빈의 프로필을 클릭했다. 메시지를 남기면 저장이 될 거다. 대신 영상통화 버튼을 눌렀다.

발신음이 몇 번 울린 후 수빈이 전화를 받았다.

"오오, 시스터. 무사히 나왔다며! 엄마한테 들었어. 몸은 괜찮아?"

수빈이 손을 흔들며 밝게 전화를 받았다.

"응. 거기 몇 시지?"

"여기 아침 9시. 넌 왜 맨날 그걸 묻냐. 여기가 한국보다 14시간 느리잖아."

"맞아. 자꾸 까먹어."

수빈은 음악을 듣고 있는 중이다. 그 소리가 한아 핸드폰 스피커까지 타고 들려왔다.

"아까 나와서 계속 잔 거야?"

"응. 피곤하더라고."

"그렇겠다. 3일이나 갇혀 있었다니, 으으. 끔찍해."

수빈이 음악 소리에 맞춰 고개를 까닥거리며 말했다. 한아는 그 질문을 해야 할까 말까 고민이 되었다.

"수빈아."

"응?"

"너."

"왜?"

"너흰 방학했어?"

"응. 넌?"

"아직."

"여름 방학에 놀러 와. 만날 온다고만 하지 말고 이번엔 진짜로 좀 와라."

"응."

한아는 그만 자야겠다고 말을 한 후 전화를 끊었다. 불을 끈 후 침대에 누웠다. 얼굴을 이불에 비볐다. 폭신한 침대가 얼마나 그리웠는지 모른다.

VLZKCB11이란 아이디는 수빈에게 빌려 왔다. 수빈은 피카츄 만화를 좋아했고, 피카츄를 한글 자판으로 치면 VLZKCB가 된다. 수빈이 열한 살이었기에 뒤에 11을 붙였다. 초등학교 4학년 때 수빈이가 한국에 놀러 왔다. 2주간 같이 지내면서 수빈과 많이 가까워졌다. 수빈은 캐나다로 돌아가기 전에, 한아에게 계속 연락을 주고받자고 했다. 그때 한아는 핸드폰이 없었다. 수빈은 한아에게 메일을 보내라고 했다. 이메일 주소가 없다고 하니, 수빈은 만드는 게 어렵지 않다고 했다. 한아는 포털 사이트에 아이디를 만들었는데, 아이디를 뭐로 할까 하다가 아무 생각 없이 수빈의 아이디를 그대로 썼다. 포털이 달랐기에 등록이 가능했다.

후에 아이디가 이름 같은 거라는 걸 알았다. 바보같이 왜 수빈과 같은 걸 했나 후회했지만, 메일을 자주 사용할 일이 없기에 그대로 두었다. 아까 경찰이 아이디에 관해 몇 가지 질문을 했다. SNS 계정을 갖고 있냐고 해서 아예 그 SNS에는 가입을 한 적이 없다고 대답했다. 정말로 한아는 SNS를 하지 않으니까. 다만 한아는 수빈의 이야기를 경찰에게 하지 않았다. SNS에 글을 올린 VLZKCB11는 수빈일까.

한아는 눈을 감았다. 어쨌거나 한아는 학교 바깥으로 나왔다. 그리고 다시 학교에 가야 한다.

학교 문이 열렸다.

학교 밖에서

학교에 다니며 만났을 거다. 한영주를, 차선빈을, 이한아를, 서지우를, 이주리를, 김아인을, 박재준을, 위진성을. 어쩌면 내가 이들 중 한 명일 수도 있다.

나에게 학교는 어떤 의미였을까. 학교를 떠올리면 총천연색의 감정이 든다. 여전히 학교를 헤매고 있으니까. 그 공간이 그립다고만 하기에는 나는 너무 많은 기억을 가지고 있다. 강연을 하러 1년에 수십 차례 학교를 방문하는데, 가끔 아득해져 가만히 서 있을 때가 있다. 그곳에서 돌아다니고 있는 과거의 나를 만나면 숨이 멎는 기분이다. 어른이 되어 좋은 건 학교에 다니지 않아도 된다는 것이다.

이 글은 학교에 관한 8인의 고백이자, 나의 고백이다.

3년 전 초고를 쓸 때까지만 하더라도 학교 문이 닫힌다는 건 상상도 못 한 일이었다. 6·25전쟁 중에도 학교는 휴교한 적이 없다고 하지 않았던가. 하지만 작년에 생긴 코로나19로 인해 사상 초유의 사태가 벌어졌고, 지금도 진행 중이다. 학생들은 학교에 갇힌 게 아니라, 학교 밖에 갇혀 버렸다. 학교 문이 닫히자, 사람들은 학교에 관한 이야기를 했다. 학교는 필요한가, 필요하지 않은가, 학교는 어떤 역할을 해야 하는가, 앞으로 학교는 어떤 모습일까.

이제까지 꽤 여러 편의 청소년소설과 동화를 썼는데, 학교를 배경으로 하는 글은 손에 꼽는다. 그만큼 내게 학교는 어렵다.

함께 학교에 대해 고민해 준 사계절출판사 편집부에게 고마움을 전하고 싶다.

학교도, 나도, 당신도 조금은 더 건강해졌으면 좋겠다.

2021년 5월

김혜정

학교 안에서

2021년 5월 26일 1판 1쇄
2024년 4월 15일 1판 4쇄

지은이 김혜정

편집 김태희 장슬기 이은 김아름 이효진 **디자인** 김효진
제작 박홍기 **마케팅** 이병규 이민정 김수진 강효원 **홍보** 조민희

인쇄 천일문화사 **제책** J&D바인텍

펴낸이 강맑실
펴낸곳 (주)사계절출판사 **등록** 제406-2003-034호
주소 (우)10881 경기도 파주시 회동길 252
전화 031)955-8588, 8558 **전송** 마케팅부 031)955-8595 편집부 031)955-8596
홈페이지 www.sakyejul.net **전자우편** literature@sakyejul.com
블로그 blog.naver.com/skjmail **페이스북** facebook.com/sakyejul
트위터 twitter.com/sakyejul **인스타그램** instagram.com/sakyejul_teen

ⓒ 김혜정 2021

ISBN 979-11-6094-729-8 44810
ISBN 978-89-5828-473-4 (세트)